# 影像与故事

杨廷华 著

远方出版社

# 影像与故事

杨廷华 著

远方出版社

图书在版编目（CIP）数据

影像与故事 / 杨廷华著 . -- 呼和浩特：远方出版社 , 2024.12.（2025.11 重印）-- ISBN 978-7-5555-2065-8

Ⅰ . I267

中国国家版本馆 CIP 数据核字第 20249PU032 号

## 影像与故事
### YINGXIANG YU GUSHI

| | |
|---|---|
| 著　　者 | 杨廷华 |
| 责任编辑 | 蔺　洁 |
| 封面设计 | 李鸣真 |
| 版式设计 | 王改英 |
| 出版发行 | 远方出版社 |
| 社　　址 | 呼和浩特市乌兰察布东路 666 号　邮编 010010 |
| 电　　话 | （0471）2236471 总编室　2236460 发行部 |
| 经　　销 | 新华书店 |
| 印　　刷 | 内蒙古恩科赛美好印刷有限公司 |
| 开　　本 | 787 毫米 ×1092 毫米　1/16 |
| 字　　数 | 340 千 |
| 印　　张 | 21.75 |
| 版　　次 | 2024 年 12 月第 1 版 |
| 印　　次 | 2025 年 11 月第 2 次印刷 |
| 标准书号 | ISBN 978-7-5555-2065-8 |
| 定　　价 | 98.00 元 |

如发现印装质量问题，请与出版社联系调换

# 六月，花开别样红（代序）

刘建光

六月，

天朗气清，

果蔬飘香，

花开别样红。

达拉特旗摄影家协会主席杨廷华先生交出了一份厚重的答卷。

收录100多幅摄影作品、40多篇文章的《影像与故事》的书稿放在了我的案头，我为之惊讶，深感震撼。100多幅摄影作品如诗如画、美轮美奂，尽显达拉特旗的壮美与繁华；40多篇文章图文并茂、相得益彰，道出了照片背后跌宕起伏的故事。

我通读了全部书稿，为杨廷华先生精湛的摄影技术、简洁流畅的文笔而折服；为杨廷华先生砥砺深耕、厚积薄发的华彩乐章而喟叹。

杨廷华先生，一位资深媒体人，一位在工作中孜孜以求、精益求精的摄影人，用他的镜头和笔头，用他的细心和真心，为我们呈现了一个多彩的达拉特，一个和谐、宜居、文明的达拉特，一个经济和社会各项事业持续发展的达拉特。

杨廷华先生经历简单，但阅历丰富。18岁参加工作，从国营照相馆的学徒做起，做到照相馆负责人，又任照相馆的上一级单位——达拉特旗饮食服务公司副经理，再任达拉特旗电视台的新闻记者、副总编，四十年如一日，兢兢业业、勤勤恳恳。业余时间，他从未放下过相机。用他的话说，大半辈子就干了一件事。令他自豪的是，20世纪八九十年代从达拉特旗的城镇到农村，随便走进哪一个家庭，在墙上的相框中，大都能找到他拍下的照片和他在照片上写下的题款。

人生如此，夫复何求？

杨廷华先生的镜头里，有领导人的身影，有各行各业的劳动场景，有普通百姓的生活画面；有大漠的神奇，有大河的迤逦，有大田园的斑斓，有大光伏的雄浑——可谓气象万千、目不暇接。

书中每一幅摄影作品都有一个凝练的小标题，都配了简短的文字说明，让人赏心悦目。

收入书中的摄影作品包括自然风光、生态环境、农牧业、工业、城乡新貌、旅游文化等内容。既有纪实摄影，又有艺术摄影，总体来看纪实摄影居多，通过视觉艺术，生动再现了达拉特旗的方方面面。

摄影作品《缚住沙龙》，蓝天下，无垠的大漠被网格化的沙幛牢牢地锁住，随处可见的簇簇绿意萌生着希望，昭示着未来，此情此景让我回想起了沙漠治理的滴滴点点、艰辛与不易。该作品获第31届中国华北摄影艺术展览优秀奖。摄影作品《大漠奔驼》，群驼奔跑，沙浪滚滚，如一阵狂飙疾驰而来，作者捕捉到画面的动感和气势，恰到好处。这张2011年7月拍摄于响沙湾的照片受到专家的认可，2012年获第十届鄂尔多斯文学艺术创作奖，2013年获内蒙古第二十一届摄影艺术展优秀奖。摄影作品《花儿为什么这样红？》，长长的滴灌设施如一条巨龙静卧在花儿红艳的大地上。花儿为什么这样红？这一诘问令人深思。这幅作品2013年11月7日被《人民日报》用作通栏题图。

杨廷华先生就像呵护自己的孩子一样对待每一幅照片，从拍摄、调光、裁剪到照片的命名，反复琢磨，直至满意为止。多年来，他拍下的照片有几千幅之多，获大大小小的奖项上百个。

他担任达拉特旗摄影家协会主席以来，在旗文联的支持下，创办了摄影报《达拉特摄影》，编辑了《脱贫攻坚》等专报，11期摄影报刊登会员作品305幅。在电视台开辟《图说达拉特》栏目，播发会员作品500多幅，社会反响强烈。由于杨廷华先生在摄影上取得的不俗成绩，2020年被吸纳为中国摄影家协会会员，成为达拉特旗第一位中国摄影家协会会员。

杨廷华先生是一个极爱旅行的人，也是一个爱用笔记录旅途见闻、挖掘照片背后故事的摄影人。退休后，他每年大约有三分之一的时间在旅行，有时在国外，有时在国内；有时在区外，有时在周边地区；有时自驾游，有时跟团游。用他的话说，要趁着体力还行，多出去看看祖国的大好河山，多感受一下中华五千年的灿烂文化。

旅途中，常有趣事发生。由于他身材高大、仪表堂堂、儒雅谦和，又喜欢把游客的神情、姿态捕捉到自己的镜头里，常常有外国姑娘与之合影。

杨廷华先生的文章大都和照片有关，有的是无意中发现的老照片，有的是采访中拍下的当事人，总之，只要照片里的故事有价值、有意义，他都要写成文章，展示于人。为此，他还创办了微信公众号"华哥图文"，不定期发表他发现的图片故事。从2016年3月开通以来，已发表原创图文140多篇。每一篇他都精心采访、查找资料、用心编写，力求给读者传递更多、更精准的内容。

收入书中的40余篇文章，作者根据内容分为历史追溯、远方拾贝、故时风物、岁月留痕、亲情往事等5个方面。有写老照片的，如《铁匠铺》《老瓷窑·粗瓷器》《曾经的达拉特旗制糖厂》《看电影》等；有写血脉亲情的，如《忆大哥》《我的母亲》《再写母亲》《三写母亲》等；有写达拉特历史人物的，如《誓言无声》《尚登云的传奇人生》等；也有关于作者的轶事趣闻，如《从一见钟情到永远相守》《我与书的故事》《我与高考的故事》等。

杨廷华采写的《一个人60年的影像故事》，为我们讲述了一个外表英俊、酷爱照相的基层领导干部60年的精神追求；《誓言无声》再现了共产党员杨培森和妻子郝玉珍的光辉事迹。书中许多文章有很高的文史价值，其中，《一个人60年的影像故事》《我的摄影缘》《从一见钟情到永远相守》《追忆姨父》《三写母亲》《尚登云的传奇人生》《80年前：米脂一家人》等图文发表在山东画报社出版的《老照片》丛书上。《一个人60年的影像故事》还发表在《中国报影家》杂志上。《老瓷窑·粗瓷器》《我的黄河缘》发表在《鄂尔多斯》杂志上。对于一个基层摄影人能在省部级以上报刊上发表这么多文章，实属不易。一方面说明杨廷华先生对各类题材的照片有着精准的把握和理解；另一方面也说明杨廷华先生有着深厚的文字功底。我想这和他本人爱学习以及多年从事新闻记者工作养成的良好文学素养是分不开的。杨廷华先生的文章以图索文，文字优美，感情真挚。

圈内人说："摄影玩的是心跳，烧的是人民币，长枪短炮不能少，大小镜头常更新。"这话不假。有时为了拍几张好照片，摄影者得"起五更睡半夜"，一等再等，生怕错过最美的画面。拍上几张好照片，会兴奋好长一段时间。自己拍摄的照片若能在摄影展览中展出、在报纸杂志上发表、获个奖，所有的苦和累都会烟消云散。

2011年，杨廷华先生担任达拉特旗摄影家协会主席后，达拉特旗摄协的工作硕果累累，一大批反映我旗发展变迁的摄影作品在国内外展出并多次获奖。他对工作的认真态度，对艺术的执着追求令人心生敬佩。一辈子干一件事不容易，能干好、干成一件事更不容易，需要有持之以恒、锲而不舍的毅力，杨廷华先生真真切切地做到了。

马尔克斯说："生活不是我们活过的日子，而是我们记住的日子，我们为了讲述而在记忆中重现的日子。"不论何时何地，照片和文字都是对往事最好的回忆，是对历史最好的记录。

达拉特旗摄影资源丰富，特别是近年来经济发展，社会事业全面进步，暖城形象深入人心。我们有理由相信，杨廷华先生为我们奉献更多的精美图文。

六月，花开别样红。

我看到了一个摄影人身背双肩包、手握照相机，步伐坚定、铿锵前行的身影。

2024年6月

于达拉特旗树林召镇

注：刘建光，笔名九曲黄河，中国作家协会会员、鄂尔多斯市作家协会副主席、达拉特旗作家协会主席。

# 目录

一、镜头中的达拉特 / 1

二、影像背后的故事 / 103

◎ 历史追溯

- 1937：达拉特的影像 / 104
- 誓言无声 / 110
- 尚登云的传奇人生 / 117
- 二十二年后的重访 / 125
- 一个人六十年的影像故事 / 130
- 闫凤威的老照片与新生活 / 138
- 80年前：米脂一家人 / 145
- 永远的林则徐 / 149
- 马桃女的童年记忆 / 154

◎ 远方拾贝

一个人与一首歌 / 158

他与国歌同在 / 167

走近鸭绿江 / 172

登泰山 / 176

再上鼓浪屿 / 181

镇江拾零 / 188

走近色达 / 196

布姆和嘎玛 / 200

感受红场 / 204

泛舟塞纳河 / 209

尼罗河上的少年 / 215

◎ 故时风物
- 铁匠铺 / 218
- 老瓷窑·粗瓷器 / 220
- 西梁外·大凉山 / 227
- 赛车开进响沙湾 / 231
- 曾经的达拉特旗制糖厂 / 233
- 三上娘娘滩 / 235
- 兰州的羊皮筏子 / 242
- 看电影 / 247
- 骡驮轿 / 251

◎ 岁月留痕
- 我与书的故事 / 254
- 我的摄影缘 / 262
- 我与高考的故事 / 268
- 我的黄河缘 / 273
- 从一见钟情到永远相守 / 279
- 我有一位 91 岁的影友 / 283

◎ 亲情往事

追忆姨父 / 289

忆大哥 / 296

追思二哥 / 304

寻找姥姥家 / 308

寻找儿时的记忆 / 313

有关父亲的记忆 / 319

我的母亲 / 323

再写母亲 / 327

三写母亲 / 330

影像是可以观看的历史（后记）/ 335

# 镜头中的达拉特

奔腾不息的黄河在中国大地上写下了一个长达万里的"几"字，几字头那一横正中的下方就是我们可爱的家乡——达拉特。

达拉特有着丰厚的文化底蕴、浓郁的民族风情、神奇的自然风貌和多样的地理环境。

这里有孕育中华儿女的母亲河，这里有驰名中外的响沙湾，这里有海海漫漫的米粮川，这里有沟壑纵横的南梁外……

大漠、大河、大草原，风光无限达拉特。生活在这里的人们正在用自己的聪明才智和勤劳的双手，共同描绘着最新最美的画卷。

《镜头中的达拉特》便是我对这片土地和耕耘在这片土地上的人们的记录。

影像与故事

2

2019年5月27日摄于京包航线上,图左是草原钢城包头市,图右是鄂尔多斯市达拉特旗。

◎我家住在黄河湾

◎达拉滩上好风光

2012年7月摄于达拉特旗中和西镇红海湿地。此作品先后获鄂尔多斯市生态环境摄影大赛一等奖、达拉特旗"共建文明城市,同享美好家园"主题摄影大赛一等奖。

◎黄河落日圆

2020年8月摄于达拉特旗吉格斯太镇。

2021年12月摄于达拉特旗—包头黄河大桥。

◎黄河流凌

影像与故事
YINGXIANG YU GUSHI

8

2015年8月摄于达拉特旗王爱召镇境内的德胜泰黄河大桥。

◎跨越

◎花儿为什么这样红

2012年8月摄于达拉特旗白泥井镇万通现代农业科技园区。2013年11月7日被《人民日报》用作通栏题图。

2012年8月摄于达拉特旗白泥井镇万通现代农业科技园区。

◎多彩的土地

2012年6月摄于达拉特旗恩格贝镇。

◎捉鳖湾风光

◎弯弯的小河

2012年5月摄于达拉特旗东柳沟。

◎缚住沙龙

2012年7月摄于达拉特旗展旦召苏木境内的银肯塔拉。该作品获第三十一届中国华北摄影艺术展览优秀奖。

15

镜头中的达拉特

影像与故事

16

2013年9月摄于达拉特旗恩格贝镇。

◎绿锁黄龙

2020年8月摄于达拉特旗树林召镇。

◎黄河滩上稻花香

◎ 银龙吐雾

2012年5月摄于达拉特旗白泥井镇万通现代农业科技园区。

2020年6月摄于达拉特旗恩格贝镇。

◎ 小南瓜走进大市场

◎ 装车

2013年9月摄于达拉特旗树林召镇。

2014年9月摄于达拉特旗树林召镇。

◎ 蔬菜外运

◎达拉滩上秋收忙

2021年10月摄于达拉特旗树林召镇。

镜头中的达拉特

◎ 米粮川上收储忙

2009年11月摄于达拉特旗树林召镇。

2012年5月摄于达拉特旗树林召镇。

◎玉米金字塔

◎ 青储

2014年10月摄于达拉特旗王爱召镇。

2014年9月摄于达拉特旗展旦召苏木。

◎ 机收马铃薯

◎机收牧草

2016年8月摄于达拉特旗吉格斯太镇。

2016年5月摄于达拉特旗展旦召苏木境内的骑士乳业基地。

◎奶牛圆舞曲

◎ 多彩的秋天

2015年8月摄于达拉特旗白泥井镇万通现代农业科技园区。

影像与故事 YINGXIANG YU GUSHI

30

◎秋日牧场

2012年10月摄于达拉特旗展旦召苏木。

2013年9月摄于达拉特旗树林召镇兴昌渔村。

◎头鱼

2017年1月摄于达拉特旗昭君镇羽龙湖。

◎人欢鱼跃冬捕忙

2024年2月3日摄于达拉特旗树林召镇兴昌渔村。

◎好大一条鱼

◎ 春江水暖

2013年3月摄于达拉特旗昭君镇羽龙湖。

◎ 哺育

2014年7月摄于达拉特旗西园街道西园社区。

2016年2月摄于达拉特旗昭君镇羽龙湖。

◎ 春讯

影像与故事
YINGXIANG YU GUSHI

36

2014年3月摄于达拉特旗树林召镇。

◎ 天鹅又来黄河滩（一）

◎天鹅又来黄河滩（二）

2011年3月摄于达拉特旗树林召镇。

◎天鹅又来黄河滩（三）

2017年3月摄于达拉特旗树林召镇。

2020年3月摄于达拉特旗王爱召镇。

◎天鹅又来黄河滩（四）

◎阿什全林召白塔夕照

　　2012年6月摄于达拉特旗中和西镇。阿什全林召始建于1689年。

　　2014年8月摄于达拉特旗银肯塔拉敖包。

◎星空·敖包

◎**大漠奔驼**

　　2011年7月摄于达拉特旗响沙湾旅游景区。该作品2012年获第十届鄂尔多斯文学艺术创作奖，2013年获内蒙古第二十一届摄影艺术展优秀奖。

2011年1月摄于达拉特旗响沙湾旅游景区。

◎蓄势待发

影像与故事

44

2011年1月摄于达拉特旗响沙湾旅游景区。

◎驼铃声声

2012年7月摄于达拉特旗展旦召苏木银肯塔拉旅游景区，参加鄂尔多斯达拉特第二届国际马文化节的外国骑手们正在景区游览。

◎银肯塔拉迎客来

◎ 半月湖遇上了旗袍秀

2017年10月摄于达拉特旗恩格贝旅游景区。

◎ 世界小姐在恩格贝

2012年8月摄于达拉特旗恩格贝沙漠科学馆前。

2011年7月摄于达拉特旗响沙湾旅游景区。第二届响沙湾国际摄影节正在举办,吸引了众多的中外摄影家。

◎ 诱惑

2022年5月摄于达拉特旗响沙湾旅游景区。

◎ 无题

◎祭火

2020年1月17日摄于达拉特旗双骏公园。每年农历腊月二十三是北方的小年,也是蒙古族的一个传统节日——祭火节。

2023年7月摄于达拉特旗银肯塔拉旅游景区。鄂尔多斯市文化旅游节开幕式正在这里举行。

◎银肯塔拉之夜

2011年6月摄于达拉特旗迎宾大街西出口。雕塑两端为马头琴造型，中间以哈达连接。寓意在悠扬的马头琴声中，达拉特人用圣洁的哈达欢迎尊贵的客人。

◎马头琴声迎宾来

◎白塔公园

2013年7月摄于达拉特旗树林召大街。历史上的老白塔位于这里往东约2千米处,是当时树林召喇嘛庙的组成部分。20世纪80年代重建白塔,并逐步形成了现在的白塔公园。

2011年5月摄于达拉特旗迎宾大街体育中心。

◎达拉特的"鸟巢"

◎ **达拉特新貌**

2019年9月摄于达拉特广场附近。

◎家园

2015年9月摄于达拉特旗树林召镇。

2015年9月摄于达拉特旗树林召镇东海心村。

◎新农村

◎农民的新居

2015年9月摄于达拉特旗树林召镇东海心村。

◎ 煤从空中走

2017年6月摄于达拉特旗发电厂。

2014年12月摄于达拉特旗经济开发区。

◎蒸蒸日上

◎ 传递光明

2011年1月摄于达拉特旗发电厂输电出口。

◎酿

2018年10月18日摄于达拉特旗响沙酒业酿造车间。

2017年6月摄于达拉特旗经济开发区。

◎青春的礼花

◎流动的"雕像"

2009年10月摄于达拉特旗,两位电力工人正在高空作业,在晚霞的映衬下,恰似一尊流动的雕像。

◎高空作业

2013年6月摄于达拉特旗经济开发区。

◎一丝不苟

2014年12月摄于达拉特旗经济开发区中轩生化一车间。

2020年8月摄于达拉特旗光伏基地。

◎大漠新景

◎ 足球冠军们的兴奋

　　2022年8月15日摄于达拉特旗第七中学。

　　鄂尔多斯市少儿足球赛在达拉特旗举办。

◎ 胜券在握

　　2016年10月摄于达拉特旗职工运动会。

◎妈妈,我得银牌了

2011年10月内蒙古第四届残疾人运动会在达拉特旗举办。一个蒙古族小伙子获得轮椅200米银牌后,给他远在牧区的妈妈打电话报喜。

◎从小练起

2018年5月摄于达拉特旗体育中心。

2019年1月摄于达拉特旗冬捕旅游文化节。

◎挑战

◎激情足球

2018年6月摄于达拉特旗第七中学。2018年内蒙古自治区"主席杯"校园足球四级联赛高中组总决赛正在进行,包头三十三中在0∶1落后达拉特旗七中的情况下踢进一球,队员们激动不已。

2012年8月摄于达拉特旗,鄂尔多斯达拉特第二届国际马文化节马术比赛正在进行。

◎风驰电掣

◎ 滑板飞人

2021年2月摄于达拉特旗白塔公园。

◎黄河守护人

2020年9月摄于达拉特旗树林召镇黄河段。

◎脊梁

2015年6月摄于达拉特旗树林召镇。

2014年10月摄于达拉特旗王爱召镇。

◎ 晒

◎采花的人们

2015年8月摄于达拉特旗白泥井镇万通现代农业科技园区。

◎ 枸杞红了

2012年7月摄于达拉特旗中和西镇。

2023年7月摄于达拉特旗吉格斯太镇。

◎ 小麦熟了

◎ 晨练

2014年10月摄于达拉特旗王爱召镇。

2014年10月摄于达拉特旗树林召镇。

◎ 期盼

◎ 坚守

2012年11月摄于达拉特旗树林召大街与210国道交汇处十字路口。

2017年4月摄于达拉特旗公安局特警训练基地。

◎苦练

◎快乐的考生

2020年7月7日摄于达拉特旗第一中学考场大门外。

◎盼

2021年7月摄于达拉特旗第一中学高考考场外。

◎诗人的激情

2011年4月1日摄于达拉特旗兴达阳光集团会议室。周彦文是走出达拉特旗的作家、诗人,这是他在家乡文学创作座谈会上激情演讲的瞬间。

2013年4月摄于达拉特旗人民医院。

◎无影灯下

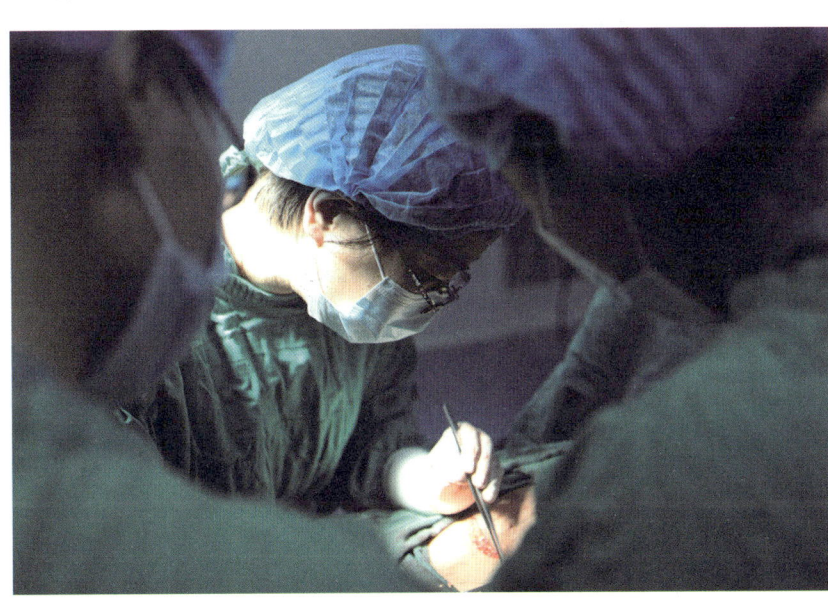

◎ 童年　2019年10月摄于达拉特旗第一幼儿园。

2017年4月摄于达拉特旗白塔公园。　◎ 父与子

◎相伴

2013年7月摄于达拉特旗西园路。

2015年9月摄于达拉特旗树林召镇黄河畔。

◎黄河人家

◎ **老哥俩**

2021年6月29日摄于达拉特旗白泥井镇。

◎顶碗舞

2022年2月摄于达拉特旗春节联欢晚会现场。

2022年2月摄于达拉特旗市民广场。

◎冰墩墩真可爱

2019年元宵节摄于达拉特旗市民广场。

◎元宵节的人们

◎ 舞龙

2019年元宵节摄于达拉特旗市民广场。

◎互动

2022年2月摄于达拉特旗市民广场。

2024年1月摄于达拉特旗树林召镇东海心村。

◎传承

2019年国庆节摄于达拉特旗市民广场。

◎自拍

◎**农民的心声**

2017年2月1日摄于达拉特旗市民广场。

◎ 好日子

2018年元宵节摄于达拉特旗展旦召苏木黄木独村。

2017年4月摄于达拉特旗树林召镇东海心村。达拉特旗乡村文化旅游节正在这里举行。

◎情不自禁

◎开心

2012年2月摄于达拉特旗白塔公园。

◎同唱一支歌

2019年8月23日摄于达拉特旗体育中心。

2014年4月摄于达拉特旗树林召镇。

◎同乐

◎ 祝福祖国

2019年8月23日摄于达拉特旗体育中心。为庆祝中华人民共和国成立70周年，达拉特旗委、旗政府隆重举行达拉特旗第五届那达慕大会、第五届职工运动会暨首届农牧民运动会，图为开幕式现场。

## 影像背后的故事

一个摄影人,却喜欢写点儿文章,无奈功底浅薄,常感力不从心。

2016年创办微信公众号"华哥图文",讲述影像背后的故事,意在以图补文,抑或文图互补。本书选入的这些图文故事便是公众号上的部分内容。

# 历史追溯

## 1937年：达拉特的影像

这应该是迄今为止发现的达拉特旗历史上最早的一组老照片，尽管有些资料中也曾翻印过这些图像，但这些图像的作者是谁，拍摄于什么时间，一直是个谜。

一年前，笔者有幸从网上淘到一本山东画报出版社2003年出版的摄影图文集《1937年：战云边上的猎影》，其中有包括康王府在内的这组照片和有关达拉特旗和康王的文字记载，从中可以帮助我们揭开谜底，了解到这些老照片背后那些鲜为人知的故事。

达拉特旗树林召喇嘛庙正殿，后面的塔尖和部分塔身为树林召老白塔

伊克昭盟达拉特旗康王府的大门前，卫兵在门中间站岗

达拉特旗小学的学生们正在出操

康王的府邸

老照片的作者孙明经，20世纪30年代初从金陵大学毕业后留校任教，服务于金陵大学理学院教育电影部，是中国电影教育的开创者之一。

民国年间，他独立摄制了各种题材的纪录片49部，组织和参与拍摄了92部。

等待过渡口的考察团成员在黄河大堤上

当年电影院里放映的纪录片有很多是他的作品，如《首都风景》《上海》《苏州名胜》《青岛风光》……他曾参加过 4 次万里社会科学考察，踏遍了祖国的山山水水。他把敏锐而细致的观察拍在了镜头中、写进了书信里，也将那一个个已经消逝的瞬间留在了历史之中。1952 年，孙明经转入北京电影学院任教，1992 年去世。据说，现在许多当红的电影导演和明星，都曾受到过他的启迪。

孙明经的图文集源自 1937 年暑期的一次考察活动，这次考察从 6 月初开始，到 7 月底结束，历时两个月。他们从南京出发，途经徐州、东海、淮北、枣庄、北平、集宁、归绥、武川、包头、达拉特旗、五原等地，总行程 6000 多千米。一路走来，孙明经拍摄不停，文字记录不断，并以书信体形式记述了自己的所见所闻所感。编入《1937 年：战云边上的猎影》一书的有 25 封书信和 145 幅图片。其中有两封书信较为详细地记述了达拉特旗与康王，7 幅图片记录了黄河渡口、康王府、达拉特旗喇嘛庙正殿、达拉特旗小学校等珍贵画面。

孙明经在1937年7月5日发自归绥（今呼和浩特市）的第17封信中详细记述了他眼中的康王，摘要如下：

在绥远省境内蒙古各盟旗地方自治政务委员会中，伊盟的康王、图王……乌盟的齐王等28人为委员，绥蒙政会会址原定为依（伊）金霍洛，因新会址尚未建设，所以暂在归绥办公……昨天正逢该会开会，我们便去访问，在门口架好摄影机，犹如军人架机关枪设防一样，会毕各王公出来，机器响时，已收入镜头……康王年纪尚轻，大高个子，身穿漂亮西服，手提CONTAX最新型号F1/1.5镜头的相机。见我为他照相，亦为我拍了一张，并合影一张，然后和随从乘一辆机器脚踏车疾驶而去。听说康王自己修机器脚踏车，自己冲洗照片，自己拍电影。在蒙政会里他担任七旗剿匪总指挥、防共训练委员会主席、建设委员会主席，在该会颇算出色的人物……

孙明经的第21封信，7月13日发自达拉特旗，标题是《渡黄河骡车坐船，访旗地不见蒙俗》。

南海子渡口，樯桅林立，似到了江南水乡

在南海子黄河渡口，骡车一辆辆装船，拉车的骡子另船载运

《1937年：战云边上的猎影》封面

昨晨 7 时许由包头出发，8 时到南海子，全体下了骡车，用船把车载过来，到 10 时又由南岸启行。沿途风景清秀，令人胸襟为之一抒……傍晚到了达拉特旗，眼看牧童赶着一群群牛羊回去，我们在旗政府所预备的屋内，在炕上铺好铺盖躺着，隔壁的芙蓉烟（鸦片）香渗透过来，薰着这些疲乏的旅客，沉醉在睡乡中。特别爱好沙漠风光的同伴却跑到这堆细沙上欣赏着自然，憧憬着荒漠上奇异的图画，直到深夜……康王府的城头恰在这堆细沙之旁，里边的破败凋敝残象都在我们的眼前陈列着，这便是烟毒所造成的现象。再放眼远眺，只见一片平原，偶尔点缀着一两间土房，却见不到一所蒙古包，原来绥南一带的蒙民多已定居，其他牧地的大部分蒙民尚以畜牧生活为主。最可惜的是，蒙民身体素质强，但在沾染了芙蓉癖以后，把这最基本的长处——健康也丧失了……康王昨日始到此，因患感冒不见客，我们仅在康王府中浏览了一下。康王府的大门口悬有邮箱，且让我把这信投入，好在信上已打上绥境伊盟达拉特旗邮政信箱的戳记。

一九三七年七月十三日发自达拉特旗政府

80多年过去了，斗转星移，沧海桑田。今天的我们必须感谢孙明经先生，是他为达拉特留下了如此珍贵的历史资料。

（本文所配图片均为孙明经摄影）

（《达拉特文史》第13辑　2023年12月）

**补记：**

1.关于康王。《达拉特旗志》中的记述是，康达多尔济，又名康济民，人们习惯称其康王、大王爷，蒙古族，系达拉特旗第十四任扎萨克逊布尔巴图的长子。康达多尔济生于1903年，1924年袭达拉特旗扎萨克位，时年21岁。康达多尔济会汉语和蒙古语，认识汉字和蒙古文，还会摄影和开汽车。他吸鸦片，生活奢侈。他袭扎萨克位后，曾出卖和放垦土地2万多顷，激起人民的反对和抗争。1925年，他亲自开枪打死了参加内蒙古人民革命党的进步人士及自己的舅父。1937年12月，马占山的东北挺进军骑兵三师师长井得泉率队袭击了达拉特旗王府，带走了康达多尔济，先后押送至陕西榆林和重庆。1945年康达多尔济回到包头。其间康达多尔济曾提出加强抗战、废除蒙旗王公制度、协理人选不限于台吉等主张。1948年10月，中国人民解放军进入包头后，康达多尔济派人到中国人民解放军晋察冀包头卫戍司令部递交了投诚起义书。同年12月，康达多尔济在包头病故，终年45岁。

2.关于达拉特旗康王府的具体位置。根据《达拉特文史》第一辑中康王内弟关瑞广撰写的《我所知道的康达多尔济》一文中的相关内容推断，达拉特旗康王府应该在树林召南一个叫营盘的地方。

# 誓言无声

一

　　为庆祝中国共产党成立100周年，达拉特旗青达门红色革命教育中心正在紧锣密鼓地布展。青达门是蒙古语，意思是如意、如意之宝。青达门位于黄河几字湾内，更精准一点儿，是在"几"字头正中的下方。这里距离黄河几十千米，属丘陵山区，当地俗称梁外。1938年，这里建立了达拉特旗第一个中共党支部。

杨培森（1970年）

展厅中有一尊双人半身铜像引人注目,那就是共产党员杨培森和妻子郝玉珍的铜像。文字介绍:杨培森(1911—1997),内蒙古达拉特旗人,1938年加入中国共产党,同年担任青达门地区合同沟党支部书记,长期开展地下斗争。1945年被捕入狱,历经敌人的严刑拷打,身染重疾,九死一生,1946年获释。1947年在三边保卫战中任民兵担架队队长。1949年后任达拉特旗工委委员。中华人民共和国成立后任达拉特旗公安局副局长、人民政府副旗长。妻子郝玉珍(1916—2013)携带3个孩子在鄂旗石炮井至靖边南老山冒死掩护丈夫。

## 二

杨培森的三儿子杨建光珍藏着一本《伊盟革命斗争回忆录》,其中有他父亲的回忆文章《创业难》。从文中我们可以感受到80多年前杨老投身革命,历尽苦难初心不改的心路历程。

杨培森,1911年出生于达拉特旗梁外耳字壕的一个贫苦农民家庭,兄弟姐妹9人,在男孩儿中他最小,排行老六,参加革命前杨六就是他的大名。他上过几个"冬学",算是农村里的识字人。为了养家糊口,躲避土匪祸害、保甲欺压和苛捐杂税,1934年,24岁的杨培森携妻带子,把家搬到了黄河滩上的大树湾福正营子,给一家地主开荒种地。风调雨顺时,辛苦一年下来,交完租子,他们一家人还能勉强度日。遇上天灾,辛苦一年颗粒无收,走投无路时只能再回梁外。1937年,日本人来了,杨培森和众多贫苦农民一样,日子更不好过了。这一年,受邻村一个进步青年的引导,杨培森参加了抗日救国会。

1938年,杨培森迎来了人生中最重要的一个转折点。初春时节,他几经周折,找到了在青达门走村串户当石匠的杨柱。杨柱把他领到了村外的一座小山头上,两个人促膝长谈。从杨柱的口中,杨培森知道了中国共产党的纲领、性质和任务。他向杨柱表达了自己想加入中国共产党的愿望。杨柱听了非常高兴,当即表态介绍他入党。

一次见面,半日长谈,杨培森成了中国共产党的一名党员。返回村里的他不露声色，仍然精心耕种着田地。然而，他的心中有了大目标，身上仿佛有了使不完的劲儿。他一边种地，一边做着党的工作。他秘密发展了刘三虎、石维虎、杨海明、郝三、崔生、郝永胜、刘德明等十几名共产党员。及时把抗战中社会上各种人的动态、国民党军队的近况等向杨柱汇报。同时还发动群众，开展抗粮、抗捐、抗差、抗抓丁等斗争。

## 三

根据革命斗争发展需要和上级指示，1941年初，杨柱责成杨培森挑选人员赴延安民族大学学习。正月初九启程，杨培森、郝永胜、刘德明和河套地区的地下党员们一道，徒步十几天后到达了延安。宝塔山下，延河水边，杨培森在这里开阔了视野，增长了才干，还多次聆听毛主席、朱总司令等中央领导的讲话。

1942年夏天，国民党再次掀起了反共高潮，河套地下党组织被破坏，包头地下党组织撤出，一个时期内，中央很难掌握这一地区的情况。为此，西北局的领导专程来到民族学院，找到了杨培森和河套地区的学员蔡正清，希望他俩立即结束学习，潜回故乡，以"躲兵"的名义，找个揽工受苦的地方。能进河套就进河套，不能进河套就在伊克昭盟一带隐蔽下来活动，搜集到情况后就到设在定边的三边地委汇报。

杨培森和蔡正清立即行动，离开延安，带着西北局为他们买的一头秃耳朵毛驴一路向北。

途中为了少惹麻烦，他俩专门选择远离人家的草地行走。饿了，从驴背上取下锅，捡点干沙蒿或干牛粪就地做饭。困了，找个低洼避风的沙滩，铺点行李躺倒就睡。然而，晴天好过，雨天难熬。有一天晚上下起了瓢泼大雨，衣服、行李都被雨水泡了。没办法，他们摸黑找到一户人家的院子，在屋檐下躲了半夜雨，没等天明就悄悄地走了。

还有一天，他们夜宿在鄂托克旗一座山里，夜深人静时，四周忽然传来了凄厉的狼嚎声,杨培森从来没见过狼,心里十分紧张。他捅了一下蔡正清,半开玩笑半认真地说:"咱们今天不会让狼群吃了哇?"蔡正清似乎胸有成竹,笑着说:"草滩上那么多牛马,还能轮到吃咱?你别听它一片嚎叫声,实际只有两三匹狼,它们是在不同的方向遥相呼应,制造恐怖气氛吓唬牲口。"这时,他们听到了不断传来的马嘶声和牛叫声。原来,草原上的大牲口遇到险情时,有集体自卫的本能。透过朦胧的夜色,他们看到牛马分别集合成两大群,严阵以待,准备迎战恶狼。过了一会儿,狼嚎声听不见了。

风餐露宿半个多月后,杨培森和蔡正清终于来到了此行的第一个目的地——鄂托克旗赤劳图。他俩给一家牧主揽工,一个放羊,一个种地。这一年的除夕夜,他俩是在黑咕隆咚的羊圈房里度过的,他们的心里却非常快活,因为他俩不但落下脚来,还领到了当地的"良民证"。第二天是1943年的大年初一,他俩谎称回家过年,向北走了几里地后又向南折返,此行,他们是去三边地委汇报工作。

1981年,杨培森在天安门广场上的留影

## 四

为了便于长期隐蔽活动，1943年冬天，经组织批准，杨培森和蔡正清把老婆孩子都搬到了定边与宁夏接壤的盐池，以职业打盐人为掩护，继续从事党的地下工作。

抗战胜利后，三边地委安排杨培森和刘德明（杨培森发展的党员，曾与他一同去过延安）到达拉特旗工作。路条上写着：杨伟（杨培森的化名）、刘占斌（刘德明的化名）赶牛车两辆，前往包头卖碱。回到家乡的杨培森和刘德明，马上与杨柱秘密见面，他们分析了抗战胜利后的形势，商定等贺龙的部队到达包头后，立即组织游击队，解放达拉特旗。

然而，几天后杨培森和刘德明突然被捕，从此，他们经历了将近一年的牢狱生活。

后来他们才知道，原来是有人发现刘德明早上起来跑步，认为这不是老百姓的习惯，怀疑他这几年在外面参加了共产党，与他一起回来的杨培森当然也脱不了干系。抓他们的当晚由于岗哨不够，把他们关在了一间屋子里。他俩分析，敌人虽然怀疑，但没有证据。于是他俩设想了敌人可能提出的各种问题，统一了口径。随后敌人对他们逐级提审，严刑拷打，他俩一口咬定自己就是个揽工受苦的。多次提审后，敌人无可奈何，将他俩关押到了绥远集中营里。后来，杨培森听说刘德明逃出去了，而浑身伤病、九死一生的他也终于熬到了获释的那一天。

获得自由的杨培森急切地要找到组织——三边地委。他扒上了开往包头的火车，但因没钱买票，又被推了下来，只好沿着铁道一路西行。天黑了，他投宿在一个老乡家里，好心的老乡帮他凑上了买火车票的钱，他把身上唯一拿得出手的一件还可以穿的毛背心留给了老乡。

历尽艰辛的杨培森终于回到了三边地委，像走失的孩子回到了母亲的怀抱，杨培森诉说着自己一年来的遭遇和他知道的其他情况。在这里他还意外地遇到了从绥远集中营逃出来的,与他生死与共的战友刘德明。杨培森心中永远记着那一天:1946年12月31日。

"革命尚未成功,同志仍须努力。"经过一段时间的休养,杨培森又投入到险象环生的地下工作之中……

五

每一个成功男人的背后,都有一个了不起的女性。杨培森的妻子郝玉珍一生默默无闻,却尽其所能扶助丈夫的事业,倾尽全力操持着这个有7个子女的大家庭。杨培森和郝玉珍育有四女三男,有3个女儿和1个儿子都是1949年前出生的。那段时间,杨培森大多都是颠沛流离、居无定所,还有一年是在国民党的监狱中度过的,妻子郝玉珍的压力和辛劳可想而知。

1983年,杨培森(二排左二)、妻子郝玉珍(二排左三)与家人合影

杨培森的回忆录中有一段话,为我们再现了他们家1948年夏天的一幅迁徙图:

离开牧区,进入农区,我们讨吃时连一点儿吃的也要不出来了。农民都遭了灾,他们自己也没吃的。我们每天一大早就动身,我挑着一副担子,十二岁

的二女儿挑着一副担子,妻子和大女儿轮流背着出生半年多的大儿子(笔者注,三女儿应该是自己跟着走的)。晚上我们睡得很早,为的是趁太阳晒热的沙土还没有冷,能在野地里暖暖和和地睡觉……

## 六

杨培森的7个子女中有2个工作生活在达拉特旗,一个是三儿子杨建光,一个是四女儿杨慧英,现在都已退休。杨建光是1953年出生的,父母在世时一直和他生活在一起,我们听听他对父亲的印象:"父亲是离休干部,医疗费实报实销。母亲身体不好,常年离不开药,想让父亲开药时捎带上点儿,但父亲一口回绝:'我是实报实销,你吃药自己花钱去买。'"

说到父亲与自己之间发生的事,杨建光印象深刻:"20世纪70年代,我参加工作时,父亲对我约法三章。一是不能贪占公家的便宜。二是同事之间不能一团和气,不然无法互相批评、共同进步。三是要搞好各民族同事之间的团结。我在粮食系统工作多年后,旗委决定提拔我为粮食局副局长。父亲知道了这件事。组织部部长上门慰问时,他严肃认真地对部长说:'杨建光,他还不够条件。'当时我对父亲很有意见,心想:'你不帮忙也就算了,为甚还要帮倒忙?'"

杨建光回忆道:"妹妹杨慧英是下乡知青,回城时被分配到手工业系统的鞋业社,想让父亲出面帮她换个单位。父亲的回答很干脆:'手工业单位就挺好,不能变,我也不给你跑。'"

## 七

遥想1938年的那个早春,眺望青达门山头上的那两个人,那时,他们没有鲜红的党旗,也没有铿锵的誓言,但他们是共产党人!

他们的誓言,在历尽苦难的跋涉中;

他们的誓言,在九死一生的磨难中;

他们的誓言,在功成名就后的清廉中……

(《长河》第65期　2021年7月,有删改)

## 尚登云的传奇人生

96岁的尚登云仍然身体硬朗,思路清晰。他出身贫寒,一生跌宕起伏,富有传奇色彩。

在父母双亡后,他曾靠乞讨来维持生活;曾在中美合作所接受过训练;曾在中共地下党的指派下,一次次乔装侦察。中华人民共和国成立后,他曾率队跟踪奔袭三昼夜,歼灭了残匪;曾在担任区委书记时带头跳入汹涌的山洪中,堵住了决口;也曾在蒙冤被开除党籍的情况下,挑起了乌兰水库建设工程总指挥的重任。

2020年6月,尚登云接受笔者采访

一

尚登云的童年记忆中充满了不幸。1925年，他出生在内蒙古伊克昭盟（现鄂尔多斯市）达拉特旗乌兰圪旦的一个贫苦农民家庭，12岁时母亲得病后无钱医治，撒手人寰，16岁时与他相依为命的父亲也离开了人世。在此之前，他的哥哥被国民党抓了壮丁，他的姐姐和妹妹也都因生活所迫给人家当了童养媳。

从此，孤苦伶仃的尚登云生活没有了着落。他先是在家乡西边的中和西一带流浪，靠乞讨填补肚子。后来，他和一位姓刘的老乡结伴去了俗称为"后套"的巴盟五原县，靠给人家放牲口换口饭吃。这样的生活没有维持多久，他也像哥哥一样，被国民党军队抓了壮丁。

二

尚登云说："我在五原被抓壮丁后，便被押送到了陕坝大顺成（现在是光荣乡大顺成村），他们让我换上了军队的服装。我的破衣服不知多长时间没下过身了，脱下来放在太阳地一看，到处都是白花花的虱子。我当时也觉得挺奇怪的，这么多虱子为甚就没感觉到咬呀。"

笔者笑着插了一句："虱子多了不咬人哇。"

尚登云来到的地方全称是中美特种技术合作所陕坝训练班。尚登云被抓来时，训练班刚成立不久。他参与的第一个任务就是为训练班修操场。尚登云说："训练班有12个美国人，但从来没给我们讲过课，讲课的都是黄埔军校毕业的中国人，课程有武器拆装和使用、射击、小分队战术、擒拿格斗、通讯、埋雷、爆破等。"

尚登云说："因为我是被抓进来的，所以一直都想逃跑。三个月后我和两个学员相约逃跑，结果半夜跑出来，天明就又被抓了回去。那两个人比我年

1954年，尚登云30岁时的留影

龄大，又是第二次逃跑，抓回去就被枪毙了。我年龄小，又属于初犯，被关在了陕坝军法处。一顿饭只给吃半碗稀饭，还得干挖土坯一类的重活，经常是浑身浮肿。好在我年龄小，免受了戴脚镣之苦。一直到日本投降后我才被放了出来。"

三

尚登云被放出来后，又跑到五原县一个叫熊万苦（音）的地方，靠做苦力混口饭吃。1946年初，尚登云辗转回到了老家乌兰，乡亲们建议他去投奔他父亲生前的结拜兄弟窦文林。窦文林时任国民党军队的排长，驻扎在乌兰南边五六里远的地方。

尚登云说："窦文林并不认识我，但听我报上了父亲的名字，盘问了一阵儿，就把我留下了。一开始让我给他喂马、遛马，再就是临时有甚事了就让我跑跑腿。"

过了一段时间，一个月黑风高的晚上，窦文林神秘而严肃地告诉尚登云："我是共产党！"

尚登云好奇地问："甚是共产党了？"

窦文林说:"共产党就是为你们这些穷苦人民办事,让你们过上好日子的党。"

笔者问尚登云:"你当时心里是怎么想的?"

他说:"我觉得共产党为我们穷人办事,那我就得一心一意为共产党办事、出力。"

从此,尚登云表面上看,还是在放牲口、打杂,但他的心中有了大目标,活动的半径也在逐渐扩大。国民党军队的布局情况,周边农民的生存状况,反对共产党的有些什么人,都是他所关注的内容。

尚登云说:"内战开始后,窦文林派我到包头万水泉了解国民党军队的调动情况。我看到人们正在议论国军往东开拔的事儿,为了多了解情况,我也加入了议论的行列,谁知被人群中的国民党暗探告发了,不一会儿就来了几个人把我捆了起来。我这个人虽然命苦,但危难时刻常有贵人相助。我被押解途中竟意外遇到一个发小,他叫王三毛蛋。那时他已当上了国军参谋,身边跟着五六个军人。他叫出了我的小名,抓我的人认识他,赶紧给他敬礼,加上也没有发现我的其他问题,当时就把我放了。

"随后我又打听到火车站警务段有个姓尚的段长,便千方百计与他套近乎,认成了一家子。在他的帮助下,我混进工务段当了个装卸工,俗称'红帽子'。十来天后,我带着在火车站观察到的情报和领到的装卸费,回到了党组织。

"1946年七八月间,窦文林和李怀勤(李是延安派来的共产党员)二人介绍我正式加入中国共产党。"

绥远和平解放后,尚登云公开了共产党员的身份,当上了地方民兵剿匪区中队长。

四

中华人民共和国成立初期,国民党军队的部分残余力量隐藏起来继续活动,尚登云作为剿匪区中队长,带领民兵配合骑五师开展剿匪活动。采访中尚登云向笔者讲述了他至今难忘的一次战斗。

一天，他们得到消息，全盟通缉的3个匪徒有可能躲藏在恩格贝南部库布其沙漠里的一个羊柴林附近，其中为首的周国勋曾当过国民党军队的团长，老

1955年，尚登云（前排左三）出席伊克昭盟人民政府粮食局旗县粮食局局长会议合影

奸巨猾，较难对付。

"当时刚下过雪，我带着15个人奉命围剿。我分析沙漠中没有水，他们既要生存，就必须出来弄水，基于这一思路，我们在一个水泉边找到了人的踪迹，循踪跟了十几里后，发现沙漠中有人晾晒的衣服。正在我们分头包围准备实施抓捕时，突然狂风大作，刮起了沙尘暴，匪徒们趁机四下逃窜。我们立即分头追击，其中一个叫杜二光柱的匪徒负隅顽抗，被我们用手榴弹炸死了。匪首周国勋跑到废弃的炭窑中躲藏，最后窒息死亡。另一个叫周六的匪徒跑到杭锦旗当了石匠，后来查明，因他放下了武器，所以从宽处理了。

"这次剿匪战斗，我们连续奔袭三昼夜，清除了隐患。区中队因此受到了盟旗两级的表彰奖励，给我本人记了三等功，还奖了我一副马鞍子（骑马时铺

1983年，尚登云与老领导老同事在达拉特旗合影。后排左起，李怀青（尚的入党介绍人，曾任内蒙古电业局党委书记）、郝文广（达拉特旗第一任旗委书记）、李广（曾任达拉特旗十三区书记）、尚登云。前排左一刘尚清（原黄河南干工程处书记）

的一种小地毯，也可铺在床上）。"

五

1952年，28岁的尚登云被任命为达拉特旗九区（现吉格斯太）区委书记。

尚登云回忆说，他在九区主要干了三件事：一是继续剿匪，二是成立蒙汉合作社，三是防洪抗洪。

尚登云说："当时水利设施十分落后，雨季的山洪特别凶猛。有一次，临时修的防洪坝被冲开一个口子，如不能及时堵住，当地群众眼看到手的庄稼和民住的房屋就都危险了。作为共产党的区委书记，我必须带头。我第一个跳了下去，随后干部群众跟着跳下来了一大片，柴草、沙袋子一齐上，决口终于堵住了，人们这才舒了一口气。村民们说：'这个尚书记不怕苦不怕死，像个共产党的干部。'"

## 六

1954年，而立之年的尚登云当上了达拉特旗第一任粮食局局长。

1958年3月，尚登云因历史问题被开除党籍，行政级别由18级正科降为20级副科。在这种情况下，尚登云没有气馁，在老领导们的说服动员下，挑起了乌兰水库建设工程总指挥的重任。

为了保证建设工期按时或提前完成，尚登云在申请使用炸药的报告获准后，亲自出马，步行加坐车，连续奔波八九天，终于用3辆马车将2吨炸药安全地运回了工地。听着工地上隆隆的爆破声，看着日渐加快的工程进度，这位总指挥的脸上露出了久违的笑容。

资料显示，1959年11月，乌兰水库竣工，比计划工期提前了近一年。自治区和盟旗专家组的验收结论是工程质量符合国家标准。尚登云因指挥得当，记一等功，并领到了100元奖金（在1959年，100元应是一笔不小的奖励）。水库建成后，尚登云被任命为水库管理所所长，在这个岗位上，他一直干到1961年年底。

## 七

尚登云是1986年离休的，享受县级待遇。离休前工作过的单位还有乌兰公社、外贸公司、旗供销社等。

他的党籍是1979年恢复的，党龄从1949年算起。

作为一名有着70多年党龄的老党员，尚登云不无自豪地说："张文彬、胡文亮、刘永宽、刘建荣……都是我介绍入党的。张世民、杨文枝也是我培养的。"他说的这几位都是达拉特旗当年在领导岗位上的人，后来大多走出了达拉特旗，走向了更高的领导岗位。

2014年春节，尚登云（前排左五）家的全家福

尚登云和小他10岁的妻子育有一儿五女，重孙辈的已有6个了，现在整个大家庭共有34人，大团圆时坐3桌还得紧凑一点才行。

尚登云说："我过去是一个讨吃要饭的人，没有共产党，哪能有我如今四世同堂的幸福生活？"

（本文经尚登云修改后定稿，笔者在采写过程中参考了《达拉特文史》中的有关文章，谨向相关作者致谢！）

（山东画报社《老照片》丛书第142辑　2021年12月，有删改）

## 二十二年后的重访

《两个老顾问,一对实干家》,1992年春,达拉特旗总结表彰大会主席台上,少先队员正在为旗委顾问王学隆(左二)、旗政府顾问马文科(左一)等受奖者戴花

  重访缘自这幅老照片。照片拍摄于1992年春,地点在几年前已被拆除的达拉特旗政府礼堂(也叫达拉特旗影剧院)。照片中的人物是时任达拉特旗旗委顾问的王学隆和政府顾问马文科。达拉特旗委、旗政府在这里召开总结表彰大会,少先队员正在为受表彰的人员戴花。当时,我是在现场采访的达拉特旗电视台的记者,作为"副业"顺便抓拍了这幅照片。

  当年我拍的新闻照片一般都是寄给《鄂尔多斯报》,但是旗县的会议新闻照片在盟市报上是很难发表的。面对这张经过冲卷、放大后的黑白照片,我斟

酌再三。我感觉到，这幅照片表面上看很一般，但反映的内容很不一般。

先说王学隆，1949年参加工作的他，曾历任机要员、区委书记、煤矿矿长、公社党委书记、旗委副书记等职，转任旗委顾问后仍然一心扑在工作上。他曾几次临危受命，担任旗防凌防汛总指挥，为全旗的抗灾救灾工作作出了重要贡献。

再说马文科，他1951年参加工作，曾历任公社党委书记、化肥厂生产厂长、水电局局长、南干工程处负责人、政府副旗长等职。转任顾问后，仍然坚持深入基层，全心全意做好包乡工作。期间，他受命担任达拉特旗农贸市场建设总指挥，为北国商城的建成和运营倾注了大量心血。

两位顾问的事迹得到了当地干部群众的高度评价，也得到了上级领导的充分肯定。1990年秋，时任内蒙古自治区政府主席的布赫，为两位顾问题词：

王马好顾问，

暮年请长缨，

二线转一线，

为民多奋勤。

基于上述分析，我的结论是，这幅照片具有一定的新闻价值。一般情况下新闻照片不拟标题，只配图片说明。但这次我按照自己对照片的解读，在文字说明前拟了一个自认为很贴切的标题《两个老顾问，一对实干家》。

时间不长，《鄂尔多斯报》发表了这幅新闻照片，标题和图片说明只字未动。又过了一段时间，《鄂尔多斯报》发出消息，其中，我的摄影作品《两个老顾问，一对实干家》获鄂尔多斯摄影大赛二等奖。当时得了多少奖金记得不太清了，好像是八九十元，记得清楚的是，这是我获得的第一个摄影类奖项。

22年过去了，又是一个春天。我在为《达拉特摄影》组稿的过程中又想起了这幅老照片，也想起了照片中那两位可敬的老顾问。

王学隆的二儿子王维（时任达拉特旗民政局副局长）接受了我的采访。他

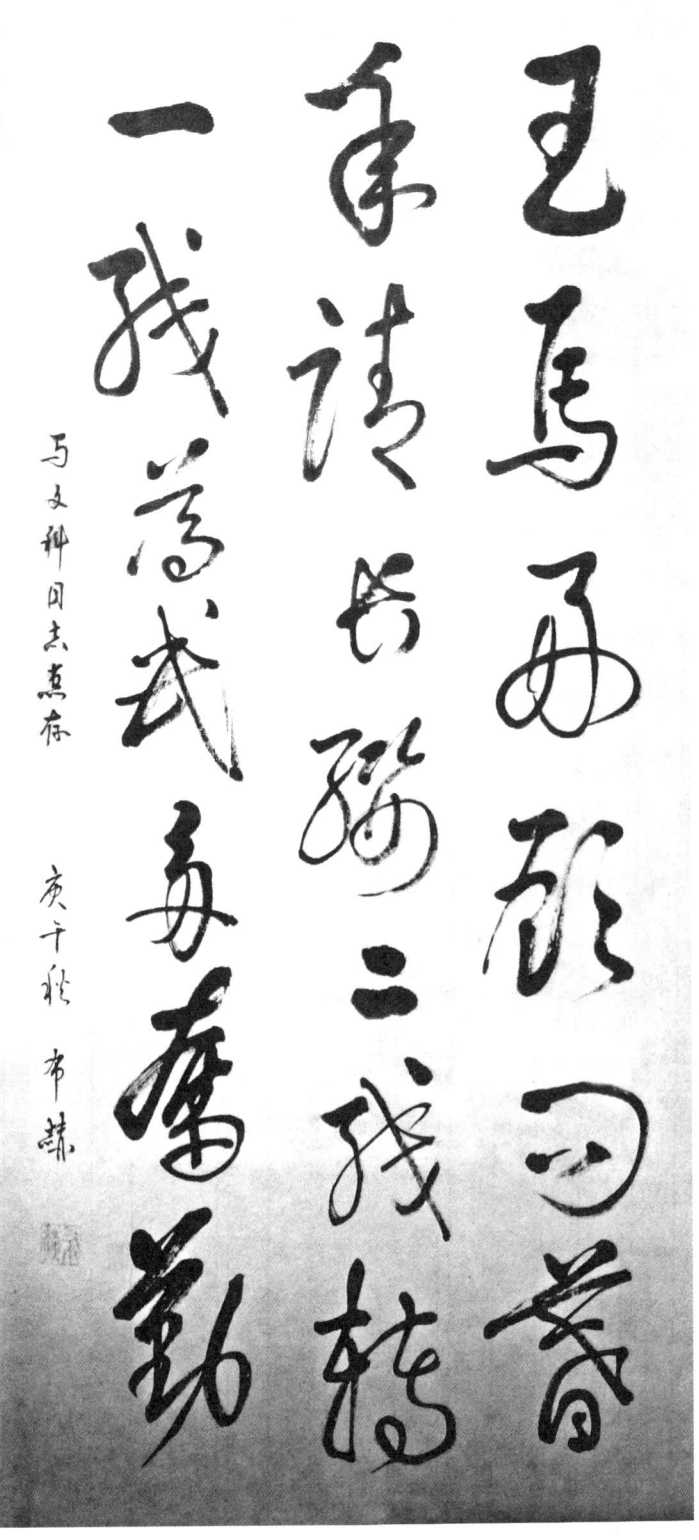

布赫同志的题词

父亲1992年7月离休。离休后又担任达拉特旗老年体育协会会长达10余年，在王老的不懈努力下，达拉特旗的老年体育工作从无到有，从小到大，蓬勃发展。他先后两次被评为"全国老年体育先进工作者"。在生命的最后两年，筹集资金建设达拉特旗老干部活动中心，成了王老心头最大的一件事情。他几次带病去呼市奔走，为老干部活动中心大楼的最终建成作出了重要的，也是他最后的贡献。2006年11月17日，75岁的王老因多年的肺心病医治无效，离开了他恋恋不舍的亲人们，离开了他为之殚精竭虑、奋斗一生的达拉滩……

马文科住在文苑小区，2014年4月6日上午，我登门拜访了马老。因未能提前约好，对我的到访马老和家人事前并不知道。在保姆开门的同时，我第一眼便看到了在客厅沙发上端坐的马老——穿着干干净净的白衬衫、鲜艳的红领带系得服服帖帖，外套是一件和领带颜色差不多的红色薄羽绒服。给我的第一感觉，85岁的马老似乎即将出席一个什么隆重的仪式。马老的听力较差，我要凑

2014年4月6日，马文科接受笔者采访

到他的耳边大声说话才能交流。他的记忆力也不大好,他没能认出我来,开始时连那张老照片上的自己也没认出来。马老80岁的老伴为我们充当了翻译和补充说明人。马老的腿脚似乎不错,当他意识到我想了解他的经历后,立即起身去另一间屋子找来他写于2006年的一份文稿,上面有他的一些主要工作经历和业绩。马老1992年退休后,又在旗科技协会理事长和旗关工委主任的岗位上辛勤工作了12年。

  告别之前,我又为马老拍了几幅照片。在布赫同志的题词旁拍照时,我请马老为我念一下题词的内容,马老顿时很兴奋,声音铿锵有力,如此洪亮的声音发自一位耄耋老人之口简直令我难以置信。同时我也发现,马老看似在念,实际上是背诵出来的——题词的内容已经深深地印在了他的脑海之中……

(2014年5月)

# 一个人六十年的影像故事

儿子上小学的时候,好像每天都得记一篇日记。时间一长,记什么成了他的一件愁事。有一天,无事可记的他向我求助,我让他翻翻家中的影集,并向他说了一句自认为比较经典的话:"每一幅照片背后都有一段值得回忆的故事。"

20年过去了,儿子已经是北京广播电视台的编导了。我不知道他是否还记得当年的这一情节。但我记得,他顺利地完成了当天的日记,好像这篇日记还受到了老师的特别肯定和好评。

扯得远了,就此打住。我们今天的故事就从照片说起。

## 九本影集

我的案头放着9本影集,每本影集的扉页上都写着"孙培荣"的名字,影集从壹到玖,全部用大写编号。其中,第一本是孙培荣本人的照片,第二本至第九本是孙培荣和家人、子孙等的照片。我用一周多的时间浏览和探究了这些影集,(顺便交代一下,我曾经在照相馆工作10余年,影集中也有我当年为他拍的照片)尽管我拍过和看过难以计数的照片,但孙培荣的影像还是令我特别震撼。

在孙培荣的照片专辑中,粘贴着编号为1至83号的83幅一寸或二寸的标准免冠照片(唯有21岁的一幅是戴着皮帽子的大半身照)。每幅照片下面附着手写的标签,依次是年龄、拍照地点、拍照年月日,有的甚至精确到上午或下午,从1989年起还加上了农历的年月日。

孙培荣影集中的照片从1942年至2001年，时间跨度正好是60年。其中，1942年至1956年，他的照片时断时续。从1957到2001年，他的年度拍照一直连续了45年。在这期间留下2幅以上照片的年份有19年，照片最多的是1989年。这一年，63岁的他留下了6幅分别拍自故乡突泉县和现居地达拉特旗。

这些照片拍摄的地点有辽宁省的盖县，内蒙古的突泉县、乌兰浩特、呼和浩特、东胜、达拉特旗，其中达拉特旗最多。这本影集也可以看作他一生工作生活的路线图，在这条人生的线段上，他走过了81个春秋。从1958年调到达拉特旗，直到2007年去世，他在达拉特旗这片土地上工作生活了半个世纪，也可以说，他的大半生是在达拉特旗度过的。

## 影集的主人

孙培荣的一生有些什么样的经历呢？据他的家人介绍，孙培荣1927年农历十一月初九出生于辽宁省盖县，少年时就很受父母器重，读过私塾，后来上学至高小。1945年春，为了躲避日本人抓劳工，全家迁往当时还十分荒凉的内蒙古突泉县。1946年他参加了革命工作，任务是为内蒙古骑兵二团提供给养。从此，他的大半生就与当年主要任务是"发展经济，保障供给"的商业供销工作结下了不解之缘。

1947年5月1日，内蒙古自治区在乌兰浩特成立，孙培荣被调往内蒙古自治区供销社工作。据说当年曾在姬鹏飞（后担任过国务院副总理）手下工作。后来，内蒙古自治区政府迁往呼和浩特，孙培荣又被调到呼市的供销总社工作。为了发展基层的商业供销工作，1955年孙培荣被派往东胜。3年后的1958年，孙培荣来到了达拉特旗的商业供销系统，一直到1982年离休，中间工作又有过几次调动，但大部分时间还是在达拉特旗商业供销系统工作。

孙培荣曾经的下属告诉我，孙培荣是当年领导干部当中知识水平较高的，平易近人，与人为善。工作中他坚持原则，但从不以权压人。一位老干部曾向我表述过他的工作方法，比如在对下属提出具体的工作要求时，他会说："你

1942年夏，16岁，辽宁盖县

1947年3月14日，21岁，突泉县

1949年冬，23岁，突泉县

1951年12月27日，25岁，突泉县

1952年9月4日，26岁，乌兰浩特

1954年6月22日，28岁，呼和浩特

1957年2月2日，31岁，东胜县

1958年8月27日，32岁，达拉特旗

1959年1月2日，33岁，达拉特旗

1960年春节，34岁，达拉特旗

1961年春节，35岁，达拉特旗

1962年1月11日，36岁，达拉特旗

1963年2月，37岁，达拉特旗

1964年2月22日，38岁，达拉特旗

1965年8月2日，39岁，达拉特旗

1966年春节，40岁，达拉特旗

1967年11月4日，41岁，达拉特旗

1968年2月4日，42岁，达拉特旗

1969年10月1日，43岁，达拉特旗

1970年12月，44岁，达拉特旗

1971年1月29日，45岁，达拉特旗

1972年3月13日，46岁，突泉县

1973年2月18日，47岁，达拉特旗

1974年2月20日，48岁，达拉特旗

1975年1月12日，49岁，达拉特旗

1976年2月7日，50岁，达拉特旗

1977年10月21日，51岁，达拉特旗

1978年2月15日，52岁，达拉特旗

1979年2月5日，53岁，达拉特旗

1980年3月10日，54岁，达拉特旗

1981年2月11日，55岁，达拉特旗

1982年2月11日，56岁，达拉特旗

1983年9月2日，57岁，达拉特旗

1984年2月11日，58岁，达拉特旗

1985年3月2日，59岁，达拉特旗

1986年3月1日，60岁，达拉特旗

1987年9月5日，61岁，达拉特旗

1988年4月9日，62岁，达拉特旗

1989年2月18日，63岁，达拉特旗

1990年2月12日，64岁，达拉特旗

1991年2月23日，65岁，达拉特旗

1992年2月22日，66岁，达拉特旗

1993年2月1日，67岁，达拉特旗

1994年2月23日，68岁，达拉特旗

1995年4月1日，69岁，达拉特旗。

1996年4月21日，70岁，达拉特旗

1997年5月17日，71岁，达拉特旗

1998年12月27日，72岁，达拉特旗

1999年5月11日，73岁，达拉特旗

2000年5月2日，74岁，达拉特旗

2001年1月25日，75岁，达拉特旗

2001年4月26日，75岁，达拉特旗

看这件事是不是应当这么办为好？"下属和同事对他心服口服。

## 家人的印象

照片中正襟危坐、目光炯炯的孙培荣给家人留下了什么印象呢？

妻子刘桂兰说："老孙的性格很好，我和他结婚六十几年，从没吵过嘴，打架就更不可能了。在家中我做饭，做甚吃甚，他从来不挑毛病。在外面不论对方穷富高低，他都一视同仁，礼貌待人，人们都说老孙这个人没架子。"

孙培荣和妻子刘桂兰生有五儿一女，现在这个大家庭的成员已有34人了。1955年出生于东胜的四儿子孙生智向我介绍了他眼中的父亲。他说："父亲经常教育我们，要听党的话，做好自己应该做的事。不要犯错误，不要怕吃苦，更不要怕吃亏。父亲一辈子不抽烟、不喝酒。他很少骑自行车，喜欢步行，走路时挺胸抬头，目不斜视。家中的财政由父亲管理，当年他每月工资80元，要给老家的爷爷奶奶寄30元，剩下的便是全家人的生活费。儿女上班后工资全部上交，必要的花销要去父亲那儿报账。父亲在外面很和善，对我们要求却很严，有时也会打骂我们。母亲是一位贤惠能干的家庭妇女，所以父亲不大会做家务。五弟是腊月二十九出生的，那年的大年初一，父亲给我们全家吃的是面疙瘩拌汤。"

孙生智说："父亲一生爱照相，爱看电影，爱听歌，特别喜欢怀旧的老歌，东北二人转的磁带也没少买。他年轻时爱打篮球，后来也爱看篮球赛，在他的重视和推动下，达拉特旗组建了商业男女篮球队。虽然他自己不上场，但晚场的球赛必到，有时还在场外指导一下。

说到父亲一生爱照相的原因，他分析，一是父亲外貌俊俏、标致；二是父亲有恒心，认定的事就能一直坚持下来。

孙生智说："父亲去世后，他的影集为我们留下了一笔无价的财富，看看父亲留下的照片，感觉他好像还和我们生活在一起。想想父亲一生的艰辛，今天的我们还有什么过不去的难关？"

### 影集外的故事

说到孙培荣的形象,不少达拉特旗人都说很像一位电影明星,那就是20世纪六七十年代人们看得最多的电影——《南征北战》中国民党张军长的扮演者项堃。

说到这儿,还有一个真实的小故事,20世纪70年代初,六十三军副军长余洪信开枪杀人后着便衣潜逃,公安部向全国发出通缉令。达拉特旗的民兵立即行动,多处设卡,严密排查,要去开会的孙培荣路过哨卡,民兵们一看,来人东北口音,像个高官,年龄和外貌体态都很像于洪信,于是立即投入了紧张的查问之中。一番折腾的结果是,民兵们失望了,孙培荣迟到了。

### 不爱彩照爱黑白

在孙培荣60年的照片中,我们看到大多数是黑白照片,这些照片影调丰富,反差适中,反映了那个年代照相馆的技术水平。他的第一张彩照是1994年拍摄的,影集中仅有7张彩照,看上去比当年黑白照片的影调逊色不少。其中2000年留下的2张照片好像印证了这一说法。2000年5月2日上午,74岁的他胸前佩戴的好像是一枚离休纪念章,照了1张半身彩照。不知什么原因,当天下午他又去照了1张黑白照。还是那件中山服,还是那枚纪念章。我推断,似乎是他不大满意上午的彩照,而更钟情于他照了多年的黑白影调。

此刻,在我的眼前仿佛还原了当年的情景。2000年5月2日这一天,一位老人上下午两次往返于树林召镇通往某一家或是两家照相馆的路上,他要为他74岁这一年留下一张比较满意的照片。

### 影集中的孝心

在孙培荣影集的83张照片中,最后2张的附言很特别,令人感动。

第82号照片下方的文字是"75岁,达拉特旗,今年大年初一是我父亲他老人家诞辰110周年。2001年1月25日下午,辛巳年正月初二。"

这就是说,这张照片是为纪念他父亲的生日而专门去照的。大年初一照相馆都不开门,他只能推到初二去照了。

时隔不久的第83号照片,也是孙培荣个人影集中的最后一张。照片下方的文字是"今天是四月初四,是我母亲她老人家诞辰113周年。2001年4月26日上午,辛巳年四月初四。"

和前一张一样,这是为纪念他母亲的生日而专门去拍的,不同的是这一张是母亲生日当天上午拍的。

一个75岁的老人,用他的方式来纪念父母的生日。他两次专程去照相馆拍照,为我们留下了他81年人生路上的最后2幅半身照,也留下了让人感动的一片孝心⋯⋯

### 影集里的遗憾

2002年之后,孙培荣没能在他的影集中续上新的照片。

据家人介绍,在生命的最后几年中,他身患大脑萎缩等多种疾病,意识不清,生活无法自理,饱受病痛的折磨。

2007年农历四月二十七日,影集的主人孙培荣离开了他恋恋不舍的亲人,离开了他魂牵梦绕的达拉滩。然而,他用60年的坚持为我们留下了一部难得的影像志,他用一生的热爱为我们留下了一笔特别的财富。

**影集外的思考**

孙培荣影集中的83幅照片，拍照于1942年到2001年，主人公的年龄从16岁到75岁，正好一个甲子。其间，我们的国家经历了抗日战争、解放战争、抗美援朝、改革开放等历史时期。照片的主人也从懵懵懂懂的少年、风华正茂的青年、成熟干练的中年，进入了朴实安逸的老年。

60年的岁月更替，60年的时势变化，没有改变他用照片记录人生的信念。他的姿势始终如一，他的眼神淡定从容。在漫长的岁月中，坚持去做一件在不少人看来无所谓的事情，不仅说明了影集主人对摄影的无限钟情，也从一个侧面反映出了影集主人坚定的精神意志。

他用照片为我们讲述了一个人的生命故事，也让我们从中得到了一些新的人生感悟。

（山东画报社《老照片》丛书第89辑　2013年5月，有删改）

（《中国摄影家》2013年第11期）

# 闫凤威的老照片与新生活

一

一位95岁的老人,能完整地背诵毛泽东的全部诗词,你相信吗?

在此之前我是不信的。2020年5月20日上午,老人一字不漏地背诵了由我点题的《念奴娇·昆仑》后,我相信了。这位老人叫闫凤威,在黄河几字湾里的达拉特旗教了一辈子书。

2020年5月20日,闫凤威在家中接受笔者采访

采访闫老缘自朋友的介绍,因为老人手上有一本老照片影集。说是影集,其实是一本硬皮现金出纳账,贴上相片就成了影集。影集里大部分照片是达拉特旗中小学校的学生毕业合影,从20世纪50年代到20世纪70年代,再加上后期

一些毕业班的30周年聚会、50年校庆等师生合影照片,时间跨越了半个多世纪。打开影集浏览一遍,仿佛是在观看一部达拉特旗教育志的图像分册。

闫老1926年出生于添漫梁(现属鄂尔多斯市东胜区)一个农民家庭,少年时读书条件比较困难。1946年7月,他有幸进入河西师范(包头师范前身)学习,从此便与教书育人结下了不解之缘。现在闫老的大家庭中有6人从事了他终生热爱的教育事业。

1963年7月,闫凤威(二排中)与达二中首届毕业班师生合影

二

1948年7月师范毕业后,闫老历任达拉特旗小学(实验小学前身)校长、达拉特旗二中教导主任、达拉特旗三中校长、达拉特旗五中校长、达拉特旗一中校长,直至1983年退休。他1954年加入中国共产党,多次被选为旗人大代表、政协委员和常委。

退休后的闫老先后担任过达拉特旗精神文明指导团副团长、老年协会副主任、关工委副主任、老教师协会理事长等职,继续发挥余热。

在闫老家的客厅中,好几处摆放着写有"桃李满天下"的牌匾和相框。

1978年9月，闫凤威（前排左七）与达拉特旗首届英语师训班师生合影

闫老教了一辈子书，他的学生到底有多少，是个难以统计的数字。反正在我周围的同代人中一提到闫老，他们几乎都说闫老是他们的老师。给我的感觉是，在一个不算短的时期内，达拉特旗乃至鄂尔多斯的各行各业似乎都有闫老的学生。在闫老的学生中，还有不少人走出了鄂尔多斯，走出了内蒙古，走向了更广阔的天地。

《达拉特旗教育志》中有关闫老的部分，是这样表述的："闫凤威是中华人民共和国成立后，达拉特旗基础教育从小到大发展历程的见证者、参与者和奉献者。"

闫老一生获得过很多的荣誉和奖励，采访过程中他很少提及，唯有两个荣誉证章让他特别珍视，一个是1952年中央慰问团颁发的荣誉证章，另一个是2019年中共中央、国务院、中央军委颁发的，庆祝中华人民共和国成立70周年荣誉证章。我刚一进屋，闫老就小心翼翼地把这两个证章拿给我看，并问能不能拍得清楚。在他的心目中，这是党和国家对他一生奉献的最高褒奖。

1976年6月，闫凤威（二排中）与达三中第六届十二班师生合影

## 三

如果说影集中的老照片为我们再现了这位老教师的历史足迹，那么闫老退休后的新生活又是怎样的呢？

闫老与妻子育有一儿五女，现在这个大家庭共有47人，其中重孙、重外孙10个，遗憾的是老伴2005年（享年76岁）就去世了。现在闫老日常饮食起居主要由五女儿和女婿负责。闫老每天的生活很有规律，上午看书、背诗、欣赏各类藏品，下午下楼晒晒太阳、与邻居们聊聊天。晚上看电视，不过他说他只看《新闻联播》。

1985年新年伊始，闫老写下了他退休后的第一首诗。

六十抒怀

老马入厩志千里，
年至花甲心不已。
青山满目江山秀，

笑对前程斟酒杯。

延年益寿心无悸，

松柏长春四季美。

红梅不畏严冬雪，

老夫余热可生辉。

## 四

闫老在他打印在A4纸上的《闫凤威诗集》的前言中说："我认为老年人不能坐着等死，必须多为自己创造一些有生活情趣的活动，让自己思想上常有尚未完成的工作信念，这样做能大大减缓各个器官的衰老，特别是对减缓大脑的衰老大有裨益。"

闫老是这样说的，也是这样做的。退休以后，闫老开始学习写诗、背诵毛泽东诗词，同时还着手集邮、集烟标、集火花、集景区门票和收藏打火机等活动。

闫老说："我学习写诗，把我走过的地方或需要记的事写成一首诗，通过写诗可以记录我走过的地方，事后翻阅一下感觉挺有意义。我写这些东西，有的像格律诗，有的像绝句，有的像顺口溜。不管像什么，我写这些东西不登报刊，只供我自己欣赏，但写的过程既锻炼了我的思维和写作能力，又能让我精神愉快。"（摘自《闫凤威诗集》的前言）

写到这里，我想起了那天登门采访中的一个小插曲，我在翻看打印在A4纸上的《闫凤威诗集》的前言时，发现了其中"不登报刊"的"登"误为"等"字，我将其改正并告诉了闫老，当了一辈子老师却被来访者改了错字，闫老略显尴尬，匆忙走进他的卧室，找出了一个硬皮笔记本，翻看了一会儿，又递给了我。原来闫老写在笔记本上的前言全然没错，是外孙女在电脑上录入时输错了。一场虚惊过后，闫老又恢复了此前的自信。

## 五

这是2013年元旦闫老写的一首题为"喜迎米寿"的诗：

艰辛岁月米寿至，
兴致勃勃度余年。
欣逢盛世精神好，
八十八岁不服老。

在闫老卧室的茶几上，摆放着十几本集邮册和烟标（烟盒纸）册子，闫老选了几本一一介绍给我。我翻看了部分花卉邮票和鸟类邮票，还浏览了一些烟标。

1990年11月，闫凤威在达一中教学楼落成典礼上讲话

原计划再采访一下这位95岁老人的养生之道,但闫老2013年6月6日写的一首题为"不服老"的打油诗已经告诉了我们他高寿的秘诀:

无忧无虑无所求,

知足常乐记心头。

科学养生体质好,

阎王见我不敢要。

## 六

一本老照片影集,引领我走近了闫老。

我从老照片中感受到了闫老一辈子奉献教育事业的赤诚之心,也从闫老退休后的新生活中感受到了他在灿烂晚霞中的温馨与从容。

(2020年5月)

# 80年前：米脂一家人

## 一

我与这幅老照片的偶遇，缘自2018年国庆期间的一次自驾游。

"米脂的婆姨绥德的汉……"这首流传久远脍炙人口的民谣，让我很多年前就知道了米脂。米脂地处陕北，是陕西省榆林市的一个县，地方不大却名声在外。2018年国庆假期，经不住诱惑的我自驾来到了米脂。

其实米脂除了秀外慧中的婆姨们，还是一个名人荟萃的地方，有农民起义领袖李自成、抗日名将杜聿明、提出"精兵简政"的李鼎铭、红墙摄影师杜修贤，还有传说中的美女貂蝉。这里可参观的地方有杨家沟马家庄园中共中央旧址，砖、木、石3种雕刻艺术都十分讲究的姜氏庄园等。

## 二

正是在姜氏庄园，我遇到了老庄主姜耀祖的曾孙姜纯亮。姜纯亮生于1949年，与共和国同龄，2018年虚70岁，比我大6岁，我称他姜大哥。我们俩有点儿一见如故的感觉，他带我来到了一孔写有"游人止步"牌子的窑洞。窑洞里挂着、摆着不少相框，有黑白照片，也有彩色的，大都是他家人的照片。我问他还有没有更老的照片，他说有一幅他外公家的全家合影，因为照片四周缺损了不少，所以没往出挂。面对这幅虽有缺损但仍然珍贵的全家福，我一边小心翼翼地用照相机翻拍，一边逐一记下了照片中15个人的身份和简单情况，这才有了今天与大家分享的《80年前：米脂一家人》。

姜纯亮外公赵丹如大家庭的全家合影，1938年左右摄于米脂县东门外宋家街

## 三

尽管时间仓促，姜纯亮大哥仍然不厌其烦地为我介绍了他所知道的照片中人物的情况，为我解读这幅老照片提供了可贵的第一手资料。

这幅老照片拍摄时间为1938年左右，拍摄地点是米脂县城东门外的宋家街，照片中的人是既有土地又做买卖的赵丹如（第二排戴礼帽者）大家庭的成员。

凭什么认定拍摄时间是1938年呢？姜纯亮说，后排左五还在怀抱中的小孩是他姐姐姜秀萍，看样子有3岁左右，他姐姐现住在西安市，2018年83岁，这样推算就把拍摄时间认定为80年前的1938年左右。姜秀萍也是到笔者采访时老照片上仍然健在的两个人之一，另一位健在者是姜纯亮的表姐赵谦萍（后排左三的小孩）。

## 四

一幅老照片，穿越80年。让我们来依次认识一下他们。

前排的4个孩子高高低低，但都坐着一个小板凳。

左一是姜纯亮二外公的儿子赵锁成，生前在米脂县城开食堂，20世纪90年代去世。

左二穿花裤子留分头的是姜纯亮的姨姨赵淑莲，生前在长春电影制片厂从事电影剪辑工作，我们看过的一些老电影说不定就出自她手。

左三是姜纯亮三外公的儿子赵润儿，生前在西安市工作。

左四是姜纯亮的三舅赵锁智，生前当过米脂县小学校长、县斌丞图书馆馆长等。

认识了前排的4个小孩，我们再来认识第二排正襟危坐的几位长者，他们从左至右依次是姜纯亮的三外婆（姓氏不详）、二外婆常氏、外婆高氏、外公赵丹如（戴礼帽者）。

我把在地上站的都算作第三排，我们从左至右依次认识一下他们。

左一是姜纯亮的二舅赵锁明。他的经历最丰富，曾当过解放军，转业到地方后担任过延川县县委书记和西安市市委秘书长，享年95岁。

左二是姜纯亮的前二妗（姓氏不详）。

左三是照片中最小者，姜纯亮大舅的女儿——表姐赵谦萍，退休前在榆林市气象局工作，时年80多岁了。

左四是姜纯亮的大妗申氏，米脂的家庭妇女，20世纪80年代去世，享年70多岁。

左五是姜纯亮的姐姐姜秀萍，现居西安市，时年83岁。

左六是姜纯亮的母亲赵淑荣，米脂县印斗镇刘家峁村人，2003年去世，享年84岁。

左七是姜纯亮的大舅赵锁存，早年经商，后来成为米脂县百货公司的职工，20世纪90年代去世，享年79岁。

2018年国庆期间,姜纯亮(左)在姜氏庄园接受笔者采访(劲草/摄)

## 五

  1938年左右的中国,艰苦卓绝的抗日战争正在进行,劳苦大众还普遍生活在水深火热之中,我想,沟壑纵横的陕北米脂应该也好不到哪里。我们不知道当年赵丹如先生动意照这幅全家福的缘由,但老照片从一个侧面告诉了我们他家当时相对富足的生活状态,也让我们穿越时空,看到了80年前生活在米脂县的一家人,当然,也包括80年前的米脂婆姨们。

  (山东画报社《老照片》丛书第128辑 2019年12月)

## 永远的林则徐

我从副总编辑的岗位上退下来后,有了大把大把的空闲时间,于是,也就有了"世界那么大,我想去看看"的想法。十几年中,从开始的跟团游到后来的自由行,走过不少地方,感受了很多异域风情,也知道了一些过去未曾涉猎的事情。不过现在仔细想来,旅行途中的不少人和事已渐渐淡化,而有一个人的形象却在我心中越来越清晰、越来越高大,确有高山仰止的感觉,他就是林则徐。

最早知道林则徐这个名字,应该是因为历史课本,钦差大臣、虎门销烟、三元里抗英、鸦片战争……中国的近代史是从1840年的鸦片战争算起的,林则徐应该是中国近代史上的"第一人",第一位敢对西方列强说不的民族英雄,著名历史学家范文澜称其为中国近代"睁眼看世界的第一人"。

这些当然令人感动,而最令我敬仰的却是他成为禁毒英雄以后的事情。一开始道光帝对虎门销烟肯定有加,曰:"可称大快人心事!"后来,道光帝亲笔书写"福""寿"二字的横匾,差人送到林则徐住地,以示嘉奖。

2023年春天,我在福州林则徐纪念馆看到了这幅皇帝的御书,匾额金底黑字,"福""寿"二字中间还有两行小字:"愿卿福寿日增,永为国家宣力。"平心而论,道光帝的书法功力老到,我这个不懂书法的人似乎也能感觉到其中的美。然而没有真和善,美从何来?时隔不久,皇帝就翻脸了。鸦片战争开始后,道光帝惊恐求和,把全部责任归咎于林则徐,1840年9月将其革职贬到镇海。第二年,林则徐又被"从重发往伊犁效力赎罪"。从此,林则徐便踏上了大漠戈壁——一条生死两茫茫的戍边之路。

地处中国西北边陲的新疆很大、很远,有资料说面积占中国国土的六分一，还有资料说陕、甘、宁再加上青海才和新疆一样大。2016年夏天，我跟团去新疆旅游，第一次感受到了新疆的辽阔。由于住地和景点之间的距离太远，有好多次都是天还黑洞洞的就上了旅游大巴车，酒店给每人发一袋鸡蛋面包一类的东西，俗称"路餐"。车开了，人们摸黑便吃开了，"路餐"吃完了，望望车窗外，天还是黑洞洞的。在此起彼伏的呼噜声中，我终于看到了天边那一抹鱼肚白，赶紧准备相机，在行进中拍一次日出。还有好多次我在旅游大巴车上拍完了落日，离下一个住地还有一两个小时的车程。"迎来日出，送走晚霞……"我感觉这歌词好像是专为新疆旅行的人们而写的。

福建省博物院内的林则徐雕像

在新疆除了要经历路途的遥远，还必须承受大漠戈壁的荒凉。从旅游大巴车上向外望去，有时候一个小时甚至更长时间景色都不变，满眼都是戈壁滩，连偶尔看到的几株草都是灰褐色的，和大地的底色混在了一起，似乎这里没有四季，只有灰褐色的冬季。

时间退回到180多年前，50多岁的林则徐走的便是这条遥远而荒凉的路。

林则徐1785年出生在福州的一个私塾先生家庭，八九岁时就写出了"海到无涯天作岸，山登绝顶我为峰"的诗句。一个曾被封为钦差大臣的人，一个大半生生活在南方的人，失落的心境和严酷的环境将是他面对的双重考验。此时此刻，他以诗言志："苟利国家生死以，岂因祸福避趋之？谪居正是君恩厚，养拙刚于戍卒宜。"

如今，我以两次进疆的感受，推想林则徐当年的新疆行，一定历尽了千辛万苦。有资料记载，当他从乌鲁木齐出发途经果子沟进伊犁时，天降大雪，整个果子沟被冰雪覆盖，骑马坐车都不行，只好踏冰蹚雪徒步而行。陪他进疆的两个儿子一左一右搀扶着老爹，泪流满面，心痛至极，遂跪在冰雪中对天祷告：若父能早日得赦召还，孩儿愿赤脚趟过此沟。去年盛夏时节，当我们乘坐的大巴车从跨越天堑的果子沟大桥上通过时，我的眼前仿佛又闪现出了林家父子在冰雪中艰难跋涉的身影……

林则徐的境遇令人叹息，林则徐的行为却令人敬仰。伊犁将军布彦泰钦佩林则徐的才能和人格，放手让他掌管粮饷处事务。林则徐则不顾年高体衰，从北疆到南疆，实地勘察，"西域遍行三万里"。将军采纳了他的建议，兵农合一，屯田耕战，绘制边疆地图，警惕沙俄威胁。为了改变当地人靠天吃饭的习惯，他带头捐出自己的私银，用工200多万，承修了一段河渠，这段被后人称为"林公渠"的工程，一直用到了1967年，新渠建成后才不再使用。

2022年7月，笔者第二次进新疆，为了找到"一览众山小"的感觉，笔者登上了红山公园的最高处，在这个可以360度俯瞰乌鲁木齐市区的地方，意外地看到了一尊高大的石质雕像，在蓝天白云的映衬下，雕像人物气宇轩昂，右下方竖刻着一行字：林则徐纪念像。当时正有一队学生在雕像前合影。

在新疆维吾尔自治区博物馆，陈列着"林则徐在新疆"的图文展。文字介绍说："……林则徐到达伊犁后，积极协助伊犁将军筹划开荒，兴修水利，一年后，奔腾的喀什河沿着湟渠，穿越今天的伊宁县、伊宁市、霍城县等地，流程100多千米注入伊犁河，河北岸的153万亩农田得以灌溉，成为当时新疆最大的产粮区。在新疆的3年时间里，林则徐大力推广坎儿井，推广内地先进的生

乌鲁木齐市红山公园林则徐雕像

产技术和生产工具,原来荒无人烟的地方出现了新的绿洲和村落。新疆的林公渠、林公井、林公树……寄予了新疆各族人民对林则徐的敬仰和爱戴。"

2012年初春,笔者去春城昆明旅游,在酒店中用餐时,遇到一个写售书法作品的老师。笔者不懂书法,但其中一幅作品的内容吸引了我,令我爱不释手。"海纳百川,有容乃大;壁立千仞,无欲则刚。"说实话笔者当时并不知道这句话的作者是谁,后来知道了,这是林则徐写的自勉联,挂在他任职的官衙中。

写到这里有点儿感叹:为什么笔者对林则徐的了解大都来自旅行途中呢?

笔者不知道，但情况就是这样。2023年3月中旬，在结束了广东和福建的自由行后，返程途中又选择了河南省的开封和洛阳。一是笔者喜欢坐火车，这样就把一个长途分成了几个短途。二是可以顺便看看这几座古都。没有想到，一到开封，笔者又与林则徐的故事不期而遇。

开封地处黄河下游，这里的河床高出市区近10米，有记载以来，黄河开封段决口338次，开封城曾先后7次被黄河淹没又原址重建，形成了"城摞城"的世界奇观。我们熟悉的焦裕禄兰考治沙的故事就发生在这里（兰考是开封市下辖的一个县）。

1841年8月，开封祥符黄河段决堤，肆虐的洪水围困了开封城，城墙相继坍塌，群众露宿街头，"城中万户皆哭声"。而此时的林则徐正在遣戍伊犁的路上，危急关头，皇帝又想起了他，急令"折回东河效办赎罪"。戴罪之身的林则徐，放下个人恩怨，夜以继日地奔波在开封堵口工地上，半年后治黄工程完成，参与者论功行赏，而他得到的却是"仍往伊犁"的谕旨。

当年林则徐主持修筑的黄河大堤，位于今天开封市水稻乡马头村，长7.5千米。为纪念林则徐堵口筑堤之功，后人称这段堤防为"林公堤"。笔者本来打算去开封黄河畔的"林公堤"看一看，却受天气影响未能成行。但笔者从网上找到了一幅开封林则徐治河文化广场的图片，画面中林则徐的雕像巍然屹立。

笔者不知道林则徐的雕像还有多少，只知道在地球另一面的纽约街头也立着一尊高大的青铜雕像，基座上的中文和英文告诉人们，他就是"世界禁毒先驱林则徐"。

一位180多年前的人，人们为什么还在纪念他？

终于，笔者在毛泽东的《纪念白求恩》一文中找到了答案，因为他是"一个高尚的人，一个纯粹的人，一个有道德的人，一个脱离了低级趣味的人，一个有益于人民的人"。

（2023年4月）

## 马桃女的童年记忆

每个人都有自己的童年,马桃女的童年是在日军侵华的血雨腥风中度过的。

采访马桃女纯属偶然。永来城是达拉特旗政府所在地的一个城中村,最近正在拆迁,为了用影像留住旧貌,我几次去永来城拍摄。永来城有两处比较有名的满面门窗大院,一处是吕家,一处是陈家。正是在陈家大院,我遇到了九旬老人马桃女,她已去世的丈夫陈才,是20世纪七八十年代当地农村中的能人,曾多年担任大队党支部书记,也是改革开放后达拉特旗最早的个体养车户之一。

马桃女忆当年

马桃女的回忆是从多灾多难的1941年开始的。马桃女的老家在达拉特旗树林召乡常太圪卜村，父母都是老实本分的庄稼人，育有三儿两女，马桃女排行老四。这一年大哥满才16岁，二哥英才13岁，姐姐银花10岁，小弟三满4岁，1935年出生的马桃女虚7岁。和当时众多的农民一样，马家人虽然生活穷苦，但日子还算安宁。日本人来了以后，她们的生活再也无法安宁了。

1941年农历十一月初九，是马桃女终生难忘的一天。这天一大早，她们家正在做早饭，突然，日本人的飞机来了，俯冲下来一顿狂轰滥炸，地面上被炸出了好多大坑。飞机一走，人们赶紧收拾东西，离开村庄去逃难。

谁知没跑多远，日本人就来了，他们开着大卡车横冲直撞，追赶着逃难的人群。人们慌不择路，马桃女一家七口人跑散了，父亲和二哥不见了。马桃女看到，16岁的大哥跑在最前面，母亲背着小弟领着她们姐妹俩吃力地跟在后面不远处。

突然，马桃女听见"啪"的一声枪响，跑在前面的大哥应声倒在了沙坡上，母亲大喊一声："妈呀！"放下小弟，疯了一样跑了过去，毫无人性的日本人对着母亲残忍地捅了好几刺刀，母亲也倒在了血泊中。

马桃女（左）与姐姐的合影

马桃女（左二）与家人在北京动物园留影

此时此刻，虚7岁的马桃女、10岁的姐姐和4岁的小弟就在不远处，她们眼睁睁地看到了大哥和母亲的惨死过程。眼前的这一幕对于他们一定是刻骨铭心、终生难忘的。马桃女说，一直到中华人民共和国成立以后，看到当兵的她还很害怕，大人们告诉她，那是解放军，是咱自己的队伍，她才慢慢地不怕了。而4岁的小弟当时什么都不懂，日本人走后，他还爬到母亲身上哭着要吃奶，以致浑身沾满了母亲的血迹。

母亲和大哥死了，父亲和二哥在哪里呢？马桃女事后才知道，原本父亲和二哥在一起，父亲跑慢了，被日本人抓住，和几个乡亲捆在一起被枪杀了。当时，二哥就躲在不远处的沙蒿林里，眼看着父亲在日本人的枪声中栽倒在地，浑身沾满了鲜血，13岁的他既不敢哭，也不敢喊，只能任悲痛的泪水往肚里流。

日本人还不肯罢休，第二天，他们又来到了常太圪卜村，先抢东西后放火，房子被烧了，东西没了，村里的人们死的死、跑的跑，整个村庄也像死了一样。日本人离开后，马桃女跟着本家婶婶回了村，她们住的房子没了，沙坡

马桃女的重孙重外孙们，还有一个已上了大学

上、土坑中，到处都是死人……

一个七口之家，一天之内惨死3人，幸存下的4个孩子，最大的13岁，最小的4岁，他们将怎样活下去呢？

马桃女感慨地说，他们兄妹四人是不幸的，也是幸运的。就在他们孤苦伶仃、生活无着的时候，本家二爷爷找到了他们。二爷爷家大人多，原本就有14口人，但连麻糊糊稀粥、菜汤也吃不饱的一家人还是收留了他们。后来她和姐姐又分别被陈家和王家领养，做了童养媳。

80多年过去了，说到做童养媳的经历，马桃女至今仍然对陈家充满了感激。马桃女曾对女儿说过："你娘娘（奶奶）心地善良，又只有一女一儿，我在陈家受过苦（意思是做的营生多），但是从没受过气。"马桃女9岁开始当童养媳，18岁圆房（正式结婚）。马桃女说："结婚典礼那天，陈家是用四人抬的花轿把我娶回永来城的，送亲的人是二爷爷家安排的。"

马桃女与大她一岁的陈才（73岁时去世）育有三儿一女，现在他们这个大家庭有27人，其中重孙辈的就有9人。晚辈们对她都很孝顺，她还时不时的对晚辈们教导一下，要心平气和地对人，心平气和地做事……晚辈们有时挺好奇，大字不识一个的老太太怎么知道那么多？

几次的采访中，马桃女常说的一句口头禅是"（我）过去是牛牛圪虫，现在生活在天堂"。

（2024年3月）

# 远方拾贝

## 一个人与一首歌

因为一首歌，我记住了一个人。因为这个人，2020年国庆节前夕，我和妻子驱车数百千米，来到了陕西省佳县。

这首歌是《东方红》，这个人叫李有源，他是佳县人（现属榆林市）。佳县古称葭州，因"葭"字生僻，1964年9月经国务院批准，改为佳县。佳县位于陕西省的东北部，黄河晋陕峡谷的西岸，与山西省的临县隔河相望。佳县县城建在黄河边上一个高耸的石山之上，传统的石窑洞高高低低依山而建，现代化的高楼大都建在了山顶上，高耸入云的感觉更加凸显。这里有"悬天古城"和"东方卢森堡"等美称。

位于黄河西岸的佳县县城（图片选自《李有源陕北民歌集》）

按照手机导航的引导，汽车沿着蜿蜒曲折的山路一路向上。我们来到了佳县城北3.5千米的张家庄村中的一座纪念碑旁。石碑高2米多，宽3米左右，左面刻着《东方红》词曲，右面刻着"人民歌手李有源"的简介和他创作《东方红》的经过。（因粘贴过纸张遮挡了部分碑文）仔细看过碑文后，我们又听从村民的指引，爬了百余米的坡道，一座具有陕北特色的古老院落出现了，大门一侧的石碑和门头的木匾上都刻着"《东方红》作者李有源故居"。

笔者在李有源故居（劲草/摄）

故居大门的两扇木板门虚掩着，我们顺利地进了院子。院子干净整洁，正面有5孔窑洞，其中一孔小窑洞是夏天做饭用的，东西南三面还有些窑洞是放杂物和圈牲口用的。院子里还有一盘石磨和一个石碾子。

正面东头的第一孔窑洞上挂着"《东方红》作者李有源故居"的木匾，只是门上挂着铁锁，我只好把两扇木门的缝隙尽量撑大向里张望。

李有源故居

我看到，窑洞的三面墙上都挂着相框子，新老照片都有，我感觉其中最珍贵的是离门较近的一幅老照片，它是李有源当乡文书时与同事在一起的合影，拍摄于1953年。我试图把相机伸进门缝中翻拍这幅照片，但效果并不理想。后又改用手机拍了几张，感觉还能过得去。

李有源当乡文书时与同事的合影（后排右一）

我看到，窑洞的土炕上有一张小炕桌，小炕桌上放着一盏油灯。78年前的那个冬夜，就在这孔窑洞里，就在这张小炕桌上，就在这盏油灯下，一个头上围着羊肚肚手巾的陕北农民激情澎湃，写出了那首唱遍神州、唱出国门的《东方红》。

那是1942年初冬的一个早晨，李有源和往常一样，挑着木桶进城去淘粪。快到佳县县城时，他忽然发现东方漫天红霞，一轮红日从云层中喷薄而出、冉冉升起，照亮了山城佳县，照亮了陕北高原，照得他浑身暖洋洋的。李有源的创作灵感瞬间迸发，毛主席不正是驱散黑暗，给劳苦大众带来光明、带来温暖的太阳吗？两句秧歌词脱口而出：

东方红，太阳升，
中国出了个毛泽东。

佳县解放了，穷人翻了身，全靠毛主席领导得好。第三句歌词又涌上了李有源的心头：

他为人民谋生存。

李有源挑着木桶边走边想，县委门口墙上的一条标语映入了他的眼帘："毛主席是中国人民的救星。"于是第四句也有了：

他是人民大救星。

当天晚上，就在那盏油灯下，李有源把白天想好的四句歌词用毛笔工工整整地写在了麻纸上，再配上《骑白马》的曲调，自己反复唱了几遍，自我感觉很好。于是，一首经典歌曲就这样诞生了——

东方红，太阳升，

中国出了个毛泽东。

他为人民谋生存，

他是人民大救星。

  第二天一大早，李有源就把《东方红》的词曲交给了侄子去练唱。侄子叫李增正，天生一副好嗓子，是扭秧歌闹红火的一把好手，当地叫伞头。1943年春节期间，张家庄秧歌队进城演出，李增正首次推出了《东方红》。由于歌词形象生动，朗朗上口，通俗易懂，唱出了翻身农民共同的心声，加上李增正的深情演唱，《东方红》很快就唱红了整个佳县。

  1943年冬天，边区政府号召群众移民，到延安一带开荒种地，佳县组织起了一支70人的移民大队，李增正任副队长。李有源又用《东方红》作为第一段，续编了《移民歌》，鼓励他们积极开荒，发展生产。移民队经过米脂、绥德等地，一路南下一路高歌，把《东方红》和《移民歌》唱到了延安。随后，在延安鲁艺文艺工作者的帮助下，《东方红》又续上了后两段，并将第一段中的"谋生存"改为"谋幸福"。从此，这首在窑洞中诞生的歌，就像插上了翅膀……

《东方红》词谱

1945年9月5日，延安新华广播电台向全国广播了联政宣传队演唱的《东方红》，歌曲很快就在神州大地上传唱开来。

1949年10月1日，在《东方红》乐曲声中登上天安门城楼的毛泽东，向全世界庄严宣布：中华人民共和国成立了！

中国人喜欢《东方红》，这在李有源的预料之中，但国外也有人喜欢《东方红》，却是李有源没有想到的。1953年10月，日本西官市"虹之会"合唱团的黑泽正之方等19人，给李有源寄来了他们演唱《东方红》时的照片。信中写道："在遥远的日本，能将你创作的优秀歌曲，作为我们劳苦大众的歌来演唱，这真是我们非常欢喜的事。'东方红，太阳升'，这不仅是中国人民的歌曲，也是世界劳动人民的歌曲……"

1964年，在周恩来总理的亲自指导下，大型音乐舞蹈史诗《东方红》登上了舞台，并被搬上了银幕。

1970年4月，我国第一颗人造地球卫星"东方红一号"发射成功，把《东方红》的乐曲送上了太空。

2008年11月18日，中国国家主席胡锦涛在古巴出访，与古巴国务委员会主席劳尔·卡斯特罗一同来到哈瓦那大学塔拉拉分校，看望在那里学习的中国留学生。劳尔·卡斯特罗回忆起自己55年前出席世界青年联欢节时的往事，情不自禁地带头用中文唱起了中国民歌《东方红》。

在我的印象中，从20世纪60年代到20世纪80年代，《东方红》这首歌确实是家喻户晓，人尽皆知。当年，一个中国人如果不会唱《东方红》，人们一定会怀疑你是不是外星来客。我曾看过一篇有关《东方红》的文章，它说在中国大地上，《东方红》播放和演唱的频率曾远远超过国歌，我深以为然。

从佳县窑洞中唱出的《东方红》，已经唱了78年，现在的年轻人还会唱吗？为此，我电话采访了亲戚中的一个晚辈和她刚上初中的女儿，她们母女表示都会唱《东方红》。

在《东方红》的故乡佳县，出租车司机们不无自豪地说："佳县出了个李有源。"

我最想知道的是李有源后人的情况，缘分使然，告别张家庄村时，我们在村口巧遇了李有源的嫡孙、村支书李耀爱，他正在等候他大哥和三弟，兄弟几个约好中秋节前要为爷爷和父亲等先辈去上坟。有关他爷爷李有源和《东方红》的情况，他让我联系他大哥李锦鹏，因为李锦鹏是专搞东方红文化产业园的，知道得多。

李锦鹏的微信名叫"东方红故乡人"，他出生于1957年，当过兵，在乡里任过武装干事、武装部长、副书记、人大主席、乡长等职，后任佳县文体广电局副局长兼东方红文化产业园区筹建办公室主任。他告诉我，从2007年到现在，他一直致力于东方红文化产业园区的建设。项目总投资近亿元，现在已基本成形，正在进行内部装修。目标是建成一个4A级红色旅游景点、全国革命传统教育和爱国主义教育基地。李锦鹏希望园区的运营能使《东方红》精神不断发扬光大，同时也能带动佳县经济得到进一步发展。

李锦鹏还在电话中补充了李有源后人的一些情况，李有源有2个儿子和1个女儿。大儿子李增堂，一生务农，享年78岁，子女们都生活在农村。二儿子李增光，也就是李锦鹏的父亲，当过20多年的村支书，享年63岁。女儿李增霞一直生活在农村，享年85岁。

一个生活在穷乡僻壤的农民为什么能创作出如此经典的传世之作呢？我在李有源故居的小院中徘徊，我在张家庄村的纪念碑前沉思，我在有关《东方红》的资料中寻觅……

李有源的嫡孙李锦鹏此前接受媒体采访时曾经说过这样一句话："在当时的情况下，只有穷人才能唱出《东方红》这样的歌。"

1935年10月，共产党领导的中央红军到达陕北，领导人民搞土改、分田地，和李有源一样的穷苦人翻了身。1947年，毛泽东率中共中央机关和解放军总部在转战陕北的过程中，在佳县战斗生活了100个日日夜夜，并在这里指挥了著名的沙家店战役，毛泽东为佳县县委的题词是"站在最大多数劳动人民的一面"。这一切都深深地印在了李有源的心中。

佳县的秧歌名声在外，榆林地区有段民谣："米脂的婆姨绥德的汉，清涧

毛泽东为佳县县委的题词:"站在最大多数劳动人民的一面。"

的石板瓦窑堡的炭,榆林的豆腐秤钩提,佳县的秧歌扭得欢……"李有源就是一位秧歌能手,会弹三弦、拉板胡,会画画,尤其擅长编秧歌,因而在群众中声望较高。逢年过节,他总会带着村里的秧歌队到县城红火一番。

值得一提的还有,除了《东方红》,佳县还诞生了另外一首同样带有浓郁陕北特色的著名歌曲《天下黄河九十九道湾》,成为传唱至今的经典,它的词作者李思命是黄河畔的一位老船工。

1903年,李有源出生在一个贫苦农民的家庭,在外婆家托嘴(方言:家里缺粮到亲戚家暂住度日)时读过一个冬天的私塾后,就和大人一样下地干活了,冬闲时常到县城去淘粪。佳县县城有一所县立小学,李有源每次路过都要把粪担子远远地放在僻静处,然后趴在窗台上听老师讲课。为了能听课,他经常帮老师打水扫地,干一些杂活。他的好学和勤快感动了老师,便允许他每年冬闲时免费旁听。这样,李有源又在县立小学旁听了三四个冬天,这些都为他以后编秧歌、写歌词打下了一定的基础。

因为《东方红》,1950年,李有源以一位农民的身份,参加了绥德专区文艺工作者代表会。1950年后，李有源先后在马家沟等几个乡当文书，工作之余仍然坚持编写乡土民歌。1952年，他出席了陕西省文艺创作者代表会议，在那次会上，他获得了奖旗、奖章和奖金，人们尊敬地称他为"人民歌手"。

为了感受78年前李有源灵感迸发的环境氛围，也为了在《东方红》的故乡拍摄一幅自己期盼的东方红作品，在佳县的几天中，我每天都会起个大早，准备好照相机，面向东方，等待着那个激动人心的时刻。很庆幸，我的工夫没有白费，那一天，东方的漫天红霞被我定格了。那一刻，李有源挑着木桶面向东方的画面仿佛在我眼前回放。

1955年5月，年仅53岁的人民歌手李有源因病去世。他短暂的一生留下了100多首饱含乡土气息的民歌，他的名字因为《东方红》而被写进了历史，并时常被人们提起。

2021年，是中国共产党成立100周年，我们党的根本宗旨就是全心全意为人民服务。因而在我看来，《东方红》绝不仅仅是一首歌，它简洁的歌词中浓缩和升华了人民对党永久的期盼。人民对美好生活的向往，就是我们的奋斗目标。我想，这便是李有源和《东方红》的价值所在。

（《长河》第65期　2021年7月）

## 他与国歌同在

暮春时节,我又来到了彩云之南的昆明。

这里不仅四季如春鲜花盛开,还是一个名人荟萃的地方。抗战时期的国立西南联合大学曾在这里坚守了8年,为国家培养了一大批中坚力量;1907年创办的云南陆军讲武堂培养了朱德、叶剑英等众多将帅精英,还为黄埔军校的创办输送了优秀的师资;出生在这里的聂耳以音乐为武器,谱写出了鼓舞中华儿女永远向前的《义勇军进行曲》……

聂耳雕像

限于篇幅，这里我们只说聂耳。坐落在昆明西山的聂耳墓，背靠长满苍松翠柏的青山，俯瞰烟波浩渺的滇池。沿着24级台阶上去，是7个鲜花盛开的花坛。7个花坛表示7个音阶，24级台阶象征聂耳24岁的生命历程。花坛前耸立着一尊聂耳雕像，雕像由汉白玉雕刻而成，高3.28米。聂耳身披大衣，眉头微皱，凝视前方，右手伸出了几个指头，是在构思新作？抑或是正准备指挥一部大合唱？墓园呈月琴状，墓穴在琴盘的发音孔上。黑色的大理石墓碑上，镌刻着郭沫若的手书"人民音乐家聂耳之墓"。

　　我默默地读着碑阴郭沫若1954年撰写的墓志铭："聂耳同志，中国革命之号角，人民解放之声鼙鼓也。其所谱《义勇军进行曲》，已被选为代用国歌。闻其声者，莫不油然而兴爱国之思，庄严而宏志士之气，毅然而同趣于共同之鹄的。聂耳乎！巍巍然，其与国族并寿而永垂不朽乎！……"

聂耳墓

聂耳故居

永久的纪念展板

聂耳墓的一侧建有聂耳纪念馆，纪念馆分两个部分，一部分是聂耳生平介绍，另一部分是用现代科技再现了聂耳创作的音乐作品。

聂耳，原名聂守信，字子义（亦作紫艺），1912年2月14日出生于昆明市甬道街。他父亲是一位中医郎中，从老家玉溪来到这里，租了间铺面开了一家名为成春堂的中药店。聂耳4岁丧父后，只能靠母亲继续打理中药店来维持全家人的生活。

聂耳的最高学历是省立第一师范学校，在这里他加入了共青团，并经常参加地下党团组织领导的革命活动。1930年7月，聂耳从省立第一师范毕业。为避开反动派的搜捕，他离开昆明，到上海云丰申庄当店员。次年4月，考入明月歌舞剧社。离开明月歌舞剧社后，他先后在联华影业公司一厂、百代唱片公司、联华影业公司二厂为电影配音作曲。

聂耳从小喜欢音乐，他还对乐器和戏剧感兴趣，在这方面他的母亲和木匠邻居都是他的启蒙老师。说到聂耳的名字，还有一段趣谈。据说聂耳的耳朵极为灵敏，不论是歌曲还是戏曲唱段，他只要听一遍，就能从嘴里唱出来。久而久之，大家都叫他"耳朵先生"。聂耳的"聂"的繁体字本来就是3个耳字组成的，聂耳说那我索性就用4个耳字哇，"聂耳"的名字也由此而来。

应该说，田汉是聂耳人生观和创作理念形成特别重要的引路人。1933年

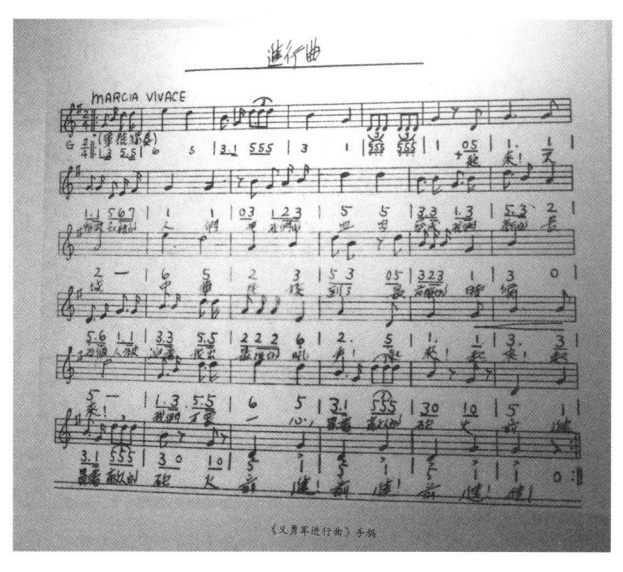

《义勇军进行曲》手稿

初，聂耳在田汉的介绍下加入了中国共产党。从此，他走上了一条为劳苦大众呐喊的音乐创作之路，从而成为一位具有划时代意义的作曲家，成为中国无产阶级革命音乐的开拓者和奠基人。

20世纪30年代初，日本侵略者占领了我国东北三省，中华民族处于生死存亡的危急关头，中国人民掀起了抗日救亡运动的怒潮。东北抗日义勇军与敌人英勇战斗的情景，深深感动了剧作家、诗人田汉。他创作了一部《风云儿女》的电影剧本，《义勇军进行曲》是电影的主题歌。

年轻的音乐家聂耳看到了这首歌词，那火一样燃烧的诗句使他非常激动，主动请求为歌词谱曲。"起来，不愿做奴隶的人们！把我们的血肉，筑成我们

聂耳墓前迎风招展的五星红旗

新的长城……"他一遍又一遍地朗诵着歌词，仿佛听到了祖国母亲对儿女的呼唤，仿佛看到了抗日勇士在浴血奋战。他废寝忘食，一会儿在房子里来回疾走，一会儿在钢琴上弹出激昂的旋律，一会儿又挥动臂膀高唱起来。巨浪般的旋律在他心底翻腾，又从笔端奔涌而出，化成了《义勇军进行曲》的曲谱。

电影《风云儿女》一上映，《义勇军进行曲》的歌声就响遍了祖国大江南北。这歌声，表达了中华民族不屈不挠的精神；这歌声，唱出了中国人民团结抗战的心声；这歌声，像鼓点，像号角，鼓舞着千千万万中华儿女前赴后继，奋勇前进。

1949年中华人民共和国成立前，中国人民政治协商会议第一届全体会议从数百首备选歌曲中，选出并通过《义勇军进行曲》为代国歌。1982年12月全国人民代表大会将其正式定为国歌。2004年3月14日，第十届全国人民代表大会第二次会议通过宪法修正案，正式规定：中华人民共和国国歌为《义勇军进行曲》。

聂耳自1933年8月发表第一首作品《开矿歌》起，在不到2年的时间里，共创作了《卖报歌》《码头工人歌》《大路歌》《毕业歌》和《义勇军进行曲》等30多首进步歌曲，因此引起了反动派的注意。为保护聂耳，党组织决定让他取道日本，去苏联或欧洲其他国家学习考察。1935年4月，聂耳抵达日本，7月17日，在藤泽市鹄沼海滨游泳时不幸溺水身亡。

走下聂耳墓前的那24级台阶，我回头仰望，在聂耳雕像的正前方，一面鲜艳的五星红旗正在蓝天绿树的映衬下迎风招展，我的耳边仿佛又响起了《义勇军进行曲》的旋律："我们万众一心，冒着敌人的炮火前进，冒着敌人的炮火前进！前进！前进！进！"

"有的人死了，他还活着。"聂耳就是一位这样的人，89年过去了，他并没有离开——他在那迎风招展的国旗下，他在那激荡人心的歌声中……

（2024 年春）

# 走近鸭绿江

2023年5月下旬，我把自由行的目的地选在了辽宁省，丹东市是其中重要一站，因为70年前的中国人民志愿军从这里启程，跨过鸭绿江，奔赴抗美援朝的战场。

那天上午，我们从沈阳乘坐动车一到丹东，就打车直奔鸭绿江边。鸭绿江是中朝两国的界河，发源于长白山天池东南的胭脂山，流经我国吉林、辽宁两省，于丹东江海分界线处注入黄海，全长795千米。

丹东市原来叫安东市，20世纪50年代，我那从抗美援朝战场归国的姨父曾在这里驻防，我从记事起就知道这个地方，那是小时候从姨父姨母寄给母亲的照片上知道的，好几幅照片上面都写着"安东留念"等字样。

有意思的是，20世纪70年代初，我在故乡上初中时，宿舍的顶棚都是用

鸭绿江断桥

旧报纸裱糊的。有时候，同学们躺在大炕上百般无聊，就盯着顶棚的报纸看，正文的小字看不清楚，只能看清标题。经常有人念出报纸上的一个标题，然后让其他同学满顶棚去寻找，比谁眼尖找得快。有一回大家找的就是"安东市改为丹东市"这条消息。

安东市为什么要改成丹东市呢？当时我并不知道，几十年后才弄明白。原来"安东"一词源于唐朝，唐高宗收复辽东后，在此地设立了安东都护府，意思是"安定东部边境"。清光绪二年，设立安东县。1937年12月1日，安东正式建市。中华人民共和国成立后，为了维护我国与周边国家的睦邻友好关系，1965年1月，经国务院批准，将安东市改为丹东市，意为红色东方之城。

从我们入住的国门酒店窗口望出去，鸭绿江上有两座铁桥，一座是鸭绿江断桥，一座是中朝友谊桥，桥的对岸是朝鲜的新义州。两桥之间相隔百米，其中鸭绿江断桥建成于1911年，中朝友谊桥建成于1943年。两座铁桥都是日本人建的，是当年日本侵略者掠夺中国资源的主要通道。抗美援朝期间，240万中国人民志愿军先后从这里开赴前线，其中有近20万年轻的生命血洒异国他乡。

当天下午，我们登上了鸭绿江断桥，这里是全国红色旅游经典景区，也是国家重点文物保护单位。资料介绍，原桥全长944米，有12个桥孔，1950年朝鲜战争期间被美军飞机炸断了。中方一侧仅存的4孔残桥和桥体上的累累弹痕无声地向人们诉说着侵略者当年的罪行。时任中央军委副主席、国防部部长迟浩田题写的"鸭绿江断桥"5个金色的大字悬挂在桥头上方，桥头的对面是一组中国人民志愿军的群雕，令人肃然起敬。虽然当天天气阴冷，但登上断桥的游客仍然络绎不绝，其中还不乏外国面孔。

我对70年前抗美援朝战争的了解，是从电影《上甘岭》开始的，以后又读了魏巍先生的《谁是最可爱的人》等，特别令我震撼的应当首推40集电视连续剧《跨过鸭绿江》，曾反复看过好几遍。

此时此刻，我伫立在鸭绿江边，脑际叠映着那些曾经读过的文字和那些曾经看过的画面，思绪久久无法平静，耳边仿佛又响起了那首铿锵有力的歌："雄赳赳，气昂昂，跨过鸭绿江。保和平，为祖国，就是保家乡……"

鸭绿江畔的志愿军群雕

坐落于鸭绿江畔英华山上的抗美援朝纪念馆,是一座全面反映中国人民抗美援朝战争和抗美援朝历史的专题纪念馆。我们拾级而上,终于登上了山顶。纪念馆中藏有抗美援朝文物2万多件,在我看来,每一件文物都与一个个曾经鲜活的生命相关,每一件文物背后都有一段感人的故事。

抗美援朝纪念塔

告别鸭绿江的那天中午，丹东火车站广场上，阳光灿烂，轻风拂面，蓝天白云下，几个穿着鲜艳朝鲜族服饰的女士正在毛泽东的雕像前合影留念，欢声笑语不时传来。我用相机抓拍下她们幸福的瞬间，也想起了姨父生前珍藏的那枚抗美援朝纪念章，上面有1只飞翔的和平鸽和4个金色的宋体字——和平万岁。

(《长河》第73期　2023年9月)

# 登泰山

2021年5月的一天，风和日丽，晴空万里。我把刚刚在"五岳独尊"石刻前的自拍照发在了朋友圈，并配上了"会当凌绝顶，一览众山小"的诗句，年逾花甲的我终于站在了泰山之巅。

作者在"五岳独尊"石刻前的自拍照

小时候，我不知道有泰山，只知道我们村的泰山坡。我的故乡在晋北的农村，从我记事起，村中央就有一条石头砌成的坡道，所用的石头都是从本村的河槽里就地取材，未经任何加工，石头有大有小，颜色多以黑蓝为主。坡道长约百米，宽四五米，但它纵贯南北，辐射东西，把一个高高低低的村落连在了一起。坡道的两边分别是大队、供销社、学校和大戏台，堪称全村政治、经济、文化的中心。遗憾的是，至今我也没弄清楚这条坡道修筑的年代，更不知道是谁为它起了这么一个恢宏的名字——泰山坡。

小学上到四五年级时,开始学《毛主席语录》,背诵"老三篇"。从此我记住了毛主席在《为人民服务》中的一段话:"人总是要死的,但死的意义有不同。中国古时候有个文学家叫做司马迁的说过:'人固有一死,或重于泰山,或轻于鸿毛。'为人民利益而死,就比泰山还重……"那时候我隐约感到,泰山一定是中国最高最大的山,因为只有最高最大才最重。

后来我知道了,泰山在山东省泰安市,它的海拔只有1545米,却有"五岳之首"之称。正所谓山不在高,有仙则名。传说泰山为盘古开天辟地后其头颅幻化而成。因此中国人自古崇拜泰山,历代帝王君主多在泰山进行封禅和祭祀,而且据说泰山是唯一受过皇帝封禅的名山,有"泰山安,四海皆安"的说法。文人墨客们也慕名而来,在山上留下了许多经典诗文石刻,成了中外游人向往的一个地方。1987年,泰山被联合国列为世界文化与自然遗产。

泰山石广场

8年前,我曾跟团去山东旅游,按照旅行社的行程,我们头天下午从鄂尔多斯飞往济南,第二天就登泰山。结果因为雷雨,当日的航班取消了,直到第二天下午我们才赶到济南。旅行社的做法是,给游客退泰山游览的费用,随后的行程不能改变。来到山东却与泰山失之交臂,成了我此行的一大遗憾。

2021年5月,我和妻子自由行再去山东,终于了却了登泰山的心愿。听说

向西神门攀登的人们

徒步登泰山，需要登12000多级石阶。出于体力和安全的考虑，我们避重就轻，选择了捷径，坐观光车到中天门，再乘缆车到达南天门，然后徒步穿天街、上西神门，最后登上了泰山的最高处——海拔1545米的玉皇顶。

泰山顶峰的玉皇庙

名曰登泰山，其实我们真正的徒步登山是从南天门开始的。南天门为城楼式建筑，上书对联："门辟九霄仰步三天胜迹，阶崇万级俯临千嶂奇观。"这里所说的"三天"，包括"一天门""二天门"（也叫中天门）和"南天门"。我站在南天门向下望去，徒步登山的人们正在陡峭的石阶上奋力攀登，这里就是人们常说的十八盘。"泰山之雄伟，尽在十八盘"，是说在十八盘上可以领略到别处看不到的景色。仔细想来，我们坐着缆车上山，减轻了一路攀登的艰辛，也舍弃了对沿途众多庙宇、丰富文化资源和别样美景的欣赏。

我曾在网上看过泰山上一幅石刻的图片，感觉有趣，印象很深，这次却因为坐了缆车，没有实地看到。图片显示，一块奇形的石头上刻着两个字："虫二"，让人莫名其妙，据说谜底是"风月无边"。

和我曾经登过的西岳华山、北岳恒山有所不同，站在泰山顶峰玉皇庙向东西望去，两侧延伸出了数百米长的平缓地带，"五岳独尊""孔子小天下处"等著名石刻都在这一区域，高塔耸立的气象台和广电发射台也设在这里。

"五岳独尊"是泰山首席打卡处，众多游客聚集在这里等着拍照留念，不时还因拍照顺序而发生争吵。为了节省时间，也为了避免纷争，我在人群的外围自拍了几幅，自我感觉良好。

"孔子小天下处"是一座青石碑。相传孔子当年在此俯瞰天下，由小鲁到小天下，我想这应该不仅仅是他视野的扩大，更是一种对空间的超越。一个人只有站得高才能看得远，才能对世界、对人生有一个恰当的理解。

在上山的缆车中，我曾偶遇了几位农民模样的人，他们是利用农闲时节，从河南农村包车来的，十几个人中有男有女，专程上山敬香求平安，他们中很多人都不是第一次上山，对山上的情况很熟。这次他们要在山上住上一晚，在泰山顶上看日出。

第二天清晨，在泰山观日出的人群中，一位穿迷彩服的老人引起了我的注意。老人今年80岁，曾当过兵，退休前在济南钢铁厂当工人。老伴10年前去世后，他一直是一个人生活。他有一儿一女，都在济南市工作生活，儿子曾准备开车过来陪他上山，但他不想给他们添麻烦。头一天看到天气很好，就只身一

泰山顶上观日出

人赶过来了,他要在泰山顶上再看一次日出。他说,他第一次登泰山是25岁的时候,那是在济南当兵时利用星期日上山的,后来还上过几次。老人说这是他最后一次上泰山了……

从泰山回来已经有3个多月了,途中的不少情景已经淡化,而那位泰山顶上观日出的老人形象仍清晰地印在我的记忆中。

忽然想起了德国哲学家尼采的一句话:人需要一个目标,人宁可追求虚无也不能无所追求。

(《长河》第66期　2021年9月)

# 再上鼓浪屿

## 一

鼓浪屿还是那个鼓浪屿，日光岩还是那座日光岩。

42年过去，弹指一挥间……

这是我2019年初冬再上鼓浪屿后，在微信朋友圈发出的感慨。

## 二

鼓浪屿是福建省厦门市西南隅的一座小岛，与厦门市区隔海相望。岛的西南处有一海蚀洞，在海浪的冲击下声如擂鼓，由此得名。

鼓浪屿面积1.91平方千米，人口2万左右。小岛不大，但历经沧桑。2017年7月8日，鼓浪屿申遗成功，成为我国第52个世界遗产项目。

鼓浪屿属亚热带海洋性季风气候，温暖湿润，冬无严寒，夏无酷暑，年平均温度为21.2℃。这里四季有鲜花盛开，终年无车马喧嚣，素有"海上花园"之称。

岛上的人们崇尚音乐，拥有众多的钢琴和风琴，现有2座古典钢琴博物馆和1座风琴博物馆，又为其赢得了"钢琴之岛"和"音乐之岛"的美誉。

由于鼓浪屿特殊的地理位置，1842年鸦片战争后，英国、美国、法国、日本、德国、西班牙、葡萄牙等国家在岛上设立了领事馆。1902年，中国政府被迫同日、美、德等签订了《厦门鼓浪屿公共租界章程》，鼓浪屿被列强正式明确为公共租界，共有15个国家曾在鼓浪屿上设置过领事馆，"万国建筑博览"也由此而来。

1942年12月,日本独占鼓浪屿。抗日战争胜利后,鼓浪屿才结束了这一段历史。

## 三

第一次走上鼓浪屿是1977年的春天,那是我出差到厦门感光材料厂为照相馆买相纸,任务完成后忙中偷闲来到了鼓浪屿。当地照相馆在岛的制高点——日光岩上开设了摄影服务点,这里可以360度俯瞰全岛。据说郑成功当年就是在这里操练水兵,收复台湾的。在摄影师的精心摆布下,一幅以鼓浪屿为背景的黑白照片为我定格了当年的青葱岁月。

1977年春,我在鼓浪屿

记得当年上岛的游人很少。这里是无车区,所有的行程只能靠步行。还有一点印象挺深,行走在狭窄且拐弯抹角的街巷中,偶尔还能听到或远或近的琴声,似乎是在印证这里有"音乐之岛"的美誉。

因为时间仓促,那次登岛来去匆匆。当时我就想,什么时候有了足够的时间,我还想再上岛来,因为我觉得鼓浪屿是需要住下来,慢慢品味、慢慢感受的一个地方。

## 四

2019年11月下旬，我和妻子同行，又来到了鼓浪屿。

2019年11月，再上鼓浪屿的我

时值小雪节气，鼓浪屿上依然鲜花盛开。"面朝大海，冬暖花开"，激动之余，我把海子的诗句改了一个字。

我们入住的民宿叫"一浪·花园客栈"，招牌上还写着一句："划船不用桨·假期全靠浪。"放下行李，轻装简行，我们便急切地赶往日光岩，去寻找42年前我拍照的那个地方。

日光岩位于鼓浪屿的中南部，是由两块巨石一竖一横相倚而立，海拔92.7米，为鼓浪屿的最高点。资料介绍，日光岩最早叫晃岩，我们来这里的路叫晃岩路，印证了这一说法。据说1641年，郑成功第一次来晃岩，看到这里的景色胜过日本的日光山，便把"晃"字拆开，称之为"日光岩"。

42年过去了，日光岩依旧，游人却不知增加了多少倍，尽管是旅游淡季，日光岩上仍然摩肩接踵。这也难怪，日光岩的顶端大概也就是几平方米，容纳不下太多人。等了一会儿，我们终于站在了日光岩上，俯瞰鼓浪屿，整座小岛尽收眼底，红瓦绿树依然如故。感觉与我第一次登岛时唯一不同的是，一尊巨大的石雕出现在了小岛东南的大海边，那是民族英雄郑成功的雕像，高15.7米，据说是他本人身高的10倍，建于1985年。

在日光岩上令我遗憾的是，我始终没有找到42年前照相的那个确切位置，下岩途中碰到过好像我当年照相时曾坐过的墙墩，但一比画，茂密的树枝挡住了视线，根本找不到当年的视角，这是不是也是一种时过境迁呢？无奈，我只好在相似的角度上，以鼓浪屿为背景拍了一些照片，随后把我在日光岩上相隔42年的2幅照片发到了朋友圈。

鼓浪屿上的游人

返回途中，我们在晃岩路49号遇到一位老人，他正在小院中浇花，看样子大概有七十几岁。老人很健谈，他出生在鼓浪屿，日本人占领时期，他正值青年，父母怕他被日本人杀害，就让他回老家泉州躲了几年。中华人民共和国成立后他当过多年的街道干部，后来又在鼓浪屿植物园工作至退休。令我没想到的是，他今年已经94岁了，妻子91岁。去年，为了检验一下自己的体力，他再次顺利登上了日光岩。

五

翻开鼓浪屿的地图，我发现，这里的街道弯弯曲曲的，直道很少。漫步在鼓浪屿的大街小巷，我发现这里的道路一会儿上坡，一会儿下坡，平路不多。但这里不管是宽街还是窄巷，无论是上坡还是下坡，处处干净整洁，鲜花盛开，空气清新，海风拂面。远离了城市的喧嚣，感受着慢节奏的生活，这不正是人们希望的"世外桃源"吗？

鼓浪屿上的游人

42年前我第一次上岛，就知道这里是无车（汽车）区。再上鼓浪屿的几天中，我好像连一辆自行车也没有见过，看到最多的车是两轮人力手推车，它是岛上的主要运输工具。与我第一次上岛比较，这里最大的变化就是环岛公路上跑开了电动观光车，游人花50元钱可乘观光车绕岛一周。

在鼓浪屿钢琴博物馆我偶遇了两位老电影明星，一位是在电影《周恩来》中饰演周总理的王铁成，一位是在《青年一代》《从奴隶到将军》等电影中担任主演的杨在葆。陪同他们参观的一位当地干部说："鼓浪屿是大自然的杰作，鼓浪屿的街道和建筑也都是顺其自然的产物，我们的任务就是千方百计保护好这些自然和历史的馈赠。"我想，这大概就是鼓浪屿能被列入世界遗产的原因所在。

登上日光岩，俯瞰鼓浪屿

## 六

  不要以为鼓浪屿只有自然和历史的馈赠，这里也是一个名人荟萃的地方。

  中国现代妇产学科的奠基人林巧稚，就出生于日光岩下一个教师家庭。在林巧稚纪念馆（也叫毓园），我遇到了一位来自北京第六医院的女大夫，她眼含泪水向我叙述了林巧稚与第六医院的缘分。原来北京第六医院的前身是教会办的道济医院，林巧稚在这里开创了中国现代妇产事业，后来被调往协和医院，成为协和医院第一位中国籍妇产科主任。林巧稚终生未嫁，但她亲自接生的婴儿就有5万多个，人称"万婴之母"。

  鼓浪屿是"音乐家的摇篮"，小岛上有音乐学校、音乐厅、交响乐团、钢琴博物馆、风琴博物馆。据说，20世纪50年代初，全岛钢琴拥有量曾达500多架。浓厚音乐氛围的熏陶，助推了鼓浪屿上音乐人才的成长，小岛上走出了蜚声乐坛的钢琴家殷承宗、许斐星、许斐平、许兴艾，中国第一位女声乐家、指挥家周淑安，声乐家、歌唱家林俊卿，男低音歌唱家吴天球，著名指挥家陈佐煌……可谓群星璀璨。

## 七

汽笛声中，返程的轮渡起航了。在我的眼中，在照相机的取景框中，鼓浪屿已渐行渐远。然而，在我的心中，她却越来越清晰了……

（2019 年 12 月）

# 镇江拾零

2020年秋末冬初，我随鄂尔多斯市文联、市摄影家协会采风团赴江苏省镇江市交流采风，所见所闻令我感叹，一直想写点儿东西。而面对镇江悠久的历史和厚重的文化，又觉得无从下手，只能拼凑一篇《镇江拾零》了。

## 镇江的历史

镇江是一座有着3500多年历史的江南文化名城，万里长江和京杭大运河在此交汇，古称"宜""朱方""丹徒""京口""润州"等。1113年将润州改为镇江府。当时的统治者因为镇江的地理位置优越，背山面江，地势雄险，为镇守江防之地，故取名镇江。民国时期，镇江曾是江苏省的省会。

《鄂尔多斯摄影展》走进镇江

## 镇江的山水和文化

中国的四大名著中都写到了一个地方,那就是镇江。《水浒传》第一百一十回"张顺夜伏金山寺,宋江智取润州城"的故事就发生在镇江。《三国演义》中,吴国发生的故事基本是以镇江为背景的。《红楼梦》中,虽然没有整回的故事发生在镇江,但多次提到了镇江。《西游记》中的金山寺在业界有些争议,但复旦大学历史系教授钱文忠经过考证,认为其就在江苏镇江。

在镇江一周的采风,给我的感觉是,这里的山都有故事,这里的水都有传说。离镇江市区不远有3座山,金山、焦山、北固山,其中的北固山海拔只有55.2米,但因刘备在此招亲而闻名于世。辛弃疾则为北固山留下了一首千古绝唱:"何处望神州?满眼风光北固楼。千古兴亡多少事?悠悠。不尽长江滚滚流……"

> 京口瓜洲一水间,
> 钟山只隔数重山。
> 春风又绿江南岸,
> 明月何时照我还?

北固山上看镇江

王安石的这首诗脍炙人口,流传久远。其中的"春风又绿江南岸"更是千古名句。这次镇江之行我才知道,京口就是长江南岸的镇江,瓜洲则是长江北岸的扬州。

到达镇江的第一天,镇江市文联就给我们每人赠送了几本书,其中一本是《镇江诗词一百首》,据说是从历代文人上万首吟咏镇江的诗词中精选出来的。书中作者的名字大都耳熟能详:李白、杜牧、陶渊明、孟浩然、苏轼、王昌龄、范仲淹、唐寅、吴承恩、龚自珍……书中的序言还告诉我们,《昭明文选》《文心雕龙》《梦溪笔谈》也都是这座历史文化名城的文化符号。

我不知道,是镇江的山水给了历代文人创作的灵感,还是他们的灵感为镇江的山水注入了魅力。

### "露天博物馆"——西津渡街

说到西津渡街,必须感谢镇江市摄影家协会老师们的精心安排,我们住的酒店位于润州区伯先路,属于镇江的老城区。映入眼帘的建筑大都历尽沧桑,

昭关石塔、救生会遗址

广肇公所、屠宅、名医馆……漫步在这条路上,你会有一种正在穿越历史的感觉。

出酒店向右走百余米,就是宋庆龄题写园名的伯先公园,从公园拾级而上登上云台山顶,可俯瞰镇江城和滚滚东流的长江。

赵伯先是孙中山先生领导的同盟会主要领导人之一,1911年4月27日,赵伯先具体策划,组织并领导了震惊中外的黄花岗起义。起义失败后,赵伯先壮志未酬悲愤成疾,于1911年5月18日病逝于香港。

从酒店门前向左步行几百米,就是镇江市博物馆和西津渡街的入口。西津渡始于三国时期,曾经是镇江最繁忙的长江渡口,也是最繁华的市井,如今渡口的功能日渐淡化,逐渐变成了一条历史文化古街。据说,这里是镇江文物古迹保存最多、最集中的地区。而在我看来,这里就是一座露天的历史博物馆。这里有英国领事馆旧址、昭关石塔、五十三坡、救生会、观音洞、超岸寺等中外文化和宗教古迹。这里的建筑多为明清时期的遗迹,砖木结构,飞檐雕花,古香古色。漫步古街,你可以穿越历史,感叹过往,也可以品尝美食,喝茶泡吧。广告语说:"不来西津渡,不算到镇江!"

## 江中"桃花源"——世业洲

世业洲是长江中的一个冲积洲,面积44平方千米,属于镇江市丹徒区管辖的一个镇。因为四面环水,这里的人们以前全靠种地和打渔为生,进出岛只能坐船,有点儿世外桃源的感觉。

2005年建成的润扬长江公路大桥南北纵跨世业洲,这里有了互通式立交桥,从此这个曾经的世外桃源和外界的距离不再遥远。凭借着独特的自然禀赋和丰富的旅游资源,这里很快成了"长三角"都市圈中独具特色的旅游度假胜地,每年在这里举办的长江国际音乐节已经成为音乐圈内的知名品牌。

上岛第一站,我们便登上了润扬环龙酒店楼顶的观景台,环岛远眺,万里长江滚滚东去,一座公路大桥凌空飞架,江南江北变为通途。说到润扬大桥，据说起名的过程还费了些周折，以至于至今桥上还看不到"润扬大桥"的字样。我们知道，大桥北端是扬州市（古称瓜洲），南端是镇江市（古称润洲），如果叫"镇扬大桥"，扬州人不接受，不能把我们镇住呀！反过来如果叫"扬镇大桥"呢，把镇江扬起来，扬州人还是不乐意。最后不知是哪位聪明人的主意——"润扬大桥"，一古一今，皆大欢喜。

在观景台上拍摄的过程中，我忽然发现，有五六顶蒙古包进入了取景框，滚滚东流的长江和来自我们内蒙古草原的元素出现在一个画面中，这是令我没有想到的。我必须用心拍好这幅片子，因为在我看来，它是世业州人发展旅游的智慧之举，也是我国改革开放以来南北文化交融的最好见证。

时令已到立冬，北方的农村已进入冬闲，而在江南水乡，我们看到世业州的人们还在忙碌的收获中，金灿灿的稻谷铺满了农家的庭院，铺洒在村中和乡间的小路上……

2014年，习近平总书记来到了世业镇，在这里他亲临世业镇卫生院，指出

立冬时节的江南水乡

了"没有全民健康,就没有全面小康"。他在视察四季春农业园和永茂圩自然村的过程中,提出了"现代高效农业是农民致富的好路子"。

近年来世业洲先后获得"全国环境优美镇""全国文明镇""亚洲金旅最具地方特色文化奖""江苏省自驾游基地"等殊荣。如今的世业洲已全面融入旅游发展大潮,正在倾心打造"生态田园村、欢乐音乐岛、休闲养生地、低碳示范区",全力争创国家级旅游度假区。

**镇江走出的摄影家——程默**

在宝堰镇程默摄影陈列室,我忽然觉得"钟灵毓秀"这个词用在镇江是再贴切不过了。这里走出的各界精英不胜枚举,其中就有我们摄影人的老前辈——程默。

程默,原名程勤生,1916年出生于镇江丹徒区宝堰镇,1931年随亲戚到上海明星影片公司当学徒。时任明星影片公司编剧顾问的夏衍,见他聪明勤奋、

程默摄影陈列馆

不多说话,半开玩笑半认真地说,你沉默寡言,干脆就叫"程默"好了。

1943年,程默受党组织安排来到延安,在延安电影团从事摄影工作,成为中国共产党第一代摄影师。此后,从延安到北京,从转战陕北到中华人民共和国成立,程默一直工作在毛泽东、周恩来等中央领导人身边,拍摄了大量的影像资料,其中既有电影资料,也有图片资料,为党和国家留下了珍贵的历史资料。他参加拍摄的新闻纪录片有《太原战役》《济南战役》等。《红旗漫卷西风》1950年获第五届捷克斯洛伐克卡罗维·发利国际电影节荣誉奖状。中华人民共和国成立后,程老先后在中央新闻纪录、北京科学教育等电影制片厂担任领导职务,1978年任中国电影家协会书记处书记。

晚年的程老曾深情地回忆起他在延安时期的难忘岁月。一次他扛着机器本想悄悄地拍些毛主席工作的镜头,哪知电影摄影机一开,还是惊动了毛主席。毛主席索性走出窑洞让他拍摄。

2012年,程老回到阔别已久的出生地,并把他珍藏多年的历史照片捐赠给了故乡。2014年5月,享年98岁的程老在北京逝世。

作为一位摄影人,面对着70多年前程老拍下的那一幅幅历史瞬间,我想到了我曾经写过的一句话:一切都会过去,唯有影像永存。

## 纪念碑下听军号

在镇江市下属的句容市茅山,矗立着一座雄伟的苏南抗战胜利纪念碑,纪念碑高36米,宽6米,碑名由国防部原部长张爱萍将军题写,纪念碑前的广场上是陈毅和粟裕骑在马上的一组雕塑。

纪念碑上的碑文告诉我们,1938年5月,奉中共中央之命,新四军东进苏南敌后,建立了以茅山为中心的苏南抗日根据地。在陈毅、张鼎丞、谭震林、粟裕等人的领导下,5万兄弟踊跃参军,浴血战斗5000余次,毙伤俘敌4万多名,7000将士壮烈捐躯……

句容市摄协的老师们在纪念碑前庄重地点燃了一大串鞭炮,鞭炮声刚落,一阵隐隐约约的军号声传了过来……据说这个现象是1997年冬天偶然发现的，具体原理还无定论。不过后来瞻仰的人们都要在此鸣放鞭炮，为的是聆听那久违的军号声。

我们乘坐的汽车离开纪念碑已经很远了，那隐约的军号声却仍然萦绕在我的耳际……

（2020年12月）

## 走近色达

我曾在雪域高原上仰望过雄伟的布达拉宫，也在万米高空上俯瞰过壮丽的大地长河；我曾在塞纳河上凝视过高耸入云的埃菲尔铁塔，也在歌诗达邮轮上感受过大海中升起的那一轮水淋淋的太阳。然而，当我走近色达时，还是感受到了一种似乎是从未有过的震撼。

走近色达缘自参加了如影随行摄影团7月份的一次采风活动。此前我曾看过一部分有关色达佛学院的摄影作品，在我的印象中色达最有名的就是佛学院，漫山遍野的红房子就是色达最美的风景之一。

色达是藏语，译成汉语是金马的意思。据说早年曾在此地发现过一块马头形的金子，故这里也有金马草原之称。色达原本是一个县名，隶属于四川省甘孜藏族自治州，全县4万多人，城区海拔3800多米。色达县历史悠久，早在3000年前就有人类在此繁衍生息。

和色达县相比，色达佛学院很年轻。它于1980年创建于距县城20千米的喇荣沟，山顶海拔4300米，又称色达五明佛学院，当时仅有32人。关于创办者我查到了两种说法，一说创办者是晋美彭措法王等人，还有一说是由法王如意宝创建的。1987年，十世班禅大师表示赞成在这里成立佛学院，并亲笔写信给色达县政府请求支持。1993年，中国佛教协会会长赵朴初为学院题写了校名。同年被美国《世界报》称为"世界上最大的藏传佛学院"。1997年，甘孜州宗教局报请四川省宗教局同意，正式批准设立了色达喇荣寺五明佛学院。

登上喇荣沟的山顶，那漫山遍野的、高高低低的、无数个红色的小房子，簇拥着沟中心那几座金碧辉煌的经堂，仿佛正从四面八方向你涌来，令你目不暇接。我到过青藏甘川云，也见过许多藏式寺庙，最让我感到震撼的首推色

俯瞰色达佛学院

达。如果说布拉宫是以其雄伟的姿态和深厚的底蕴让我震撼，那么色达就是以其漫山遍野的红色和铺天盖地的气势令我震撼。

色达佛学院现在有多少人？这是我在上山途中向一位学院员工请教的问题，他说这个数字不便回答。我在网上看到，有说2万的，也有说3万的，总之人数很可观，漫山遍野的红房子就是答案。从山顶上俯瞰都是红房子，而第二天从喇荣沟口沿坡而上时，我还看到了另一个山湾里全是清一色的黄房子，只是在山顶上拍的全景照片里面是无法拍到这里的。我还看到，这里也采用了城市中街道居委会的管理办法，每间红房子或黄房子都有门牌号码。

在佛学院中心经堂的旁边，高高的脚手架和小小的红房子形成了鲜明的对比。为了保证安全和更加多元的功能需求，这里拆掉了不少红房子，好几幢正在施工的大楼拔地而起，学院的道路也正在改扩建中，因此我们步行上山的路并不好走。

此前我曾在网上看到过有人对摄影人的忠告，他们说要拍色达的红房子必须抓紧时间，再过些年这些红房子也许就没有了。这一说法的可信程度我不得而知，但近观这些小房子确实太简陋了，房顶的彩钢板上都压着砖头和水泥块，大概是防止被风吹掉。

转山转水转佛塔

看着身旁那些来来往往的喇嘛与觉姆（藏族称出家女性为觉姆），我不知道他们来自哪里，将去往何处，只知道他们选择了色达，便选择了一份神圣；选择了色达，便选择了一份宁静；选择了色达，也就选择了一份清苦。而在这悠扬的诵经声中，在每一间高高低低的红房子里，又有着多少我们无法知道的故事……

夜幕降临，随着山顶上的坛城和山谷中几大经堂景观灯的依次亮起，漫山遍野的小木屋的灯火也亮了起来，如同夜空中的漫天星辰一样闪耀……

徒步下山途中，我忽然想起了仓央嘉措的那首诗：

那一刻，我升起风马，
不为祈福，
只为守候你的到来；
那一天，闭目在经殿的香雾中，
蓦然听见，

你颂经中的真言；

那一月，我转动所有的经筒，

不为超度，

只为触摸你的指尖；

那一年，我磕长头匍匐在山路，

不为觐见，

只为贴着你的温暖；

那一世，我转山转水转佛塔，

不为修来世，

只为在途中与你相见。

…………

（《长河》第57期2018年12月）

## 布姆和嘎玛

2015年7月的西藏之行,让我有机会领略了雪域高原特有的风光,也近距离感受了生活在这片土地上的人们。我曾在自己的微信平台上编发过《青藏线上》《西藏的人们》系列图文故事,都是此行的记录。

两年多时间过去了,其间我又走过了国内外的一些地方,但闲暇时光经常会想起西藏,想起林芝,想起鲁朗,想起扎西岗村,想起在我西藏之行中留下深刻印象的布姆和嘎玛。

认识布姆是在林芝市八一镇开往鲁朗的小面包车上,开车的是一位藏族司机,车上坐着包括我和妻子在内的六七个人,后座上两位学生模样的藏族姑娘引起了我的关注,便主动和她们攀谈起来。她们在林芝市第一中学读高二,假期回鲁朗扎西岗村与家人团聚。出于摄影人的本能,我问能不能为她们拍

西藏鲁朗扎西岗村

照,其中一个穿红灰相间运动衣的姑娘说她有点害羞,我理解这就是同意了。车内空间很小,我只能用卡片机在行进中抓拍了几幅,随后我和这位姑娘加了微信,她就是布姆。布姆告诉我,她的名字译成汉语是小姑娘的意思,下车之前,我问布姆能否在她家乡为我们当一次义务导游,回报是为她拍照。她答应只要有时间就与我联系。

当天下午,我和妻子正在住地附近的草甸上转悠,突然一阵急促的马蹄声从身后的水泥路上传来,我迅速转身并按下了快门,才发现骑马人是布姆。布姆也认出了我们,便勒住了马缰。她告诉我们,她要去景区让游客骑马,好帮家里挣一点钱,说完便策马而去。

第二天早上,我收到了布姆发来的微信,当天上午她可以带我们在周边游玩。我们3个人刚走到村外,就碰到了一个骑着儿童三轮车的小男孩,四五岁或五六岁的样子,布姆告诉我们,这是她舅舅的儿子,名字叫嘎玛,译成汉语是星星的意思。添了个嘎玛,我们的三人行变成了四人行。

布姆领着我们信步在高原的草甸子上,这里没有城市的喧嚣,偌大的草甸子上只有我们4个人,远处的雪山在蓝天白云的映衬下格外醒目,近处的溪水清澈见底,能听见水流动的声音。整整一个上午,我们边走边聊,聊布姆的家庭,聊外面的世界……

藏族姑娘布姆

布姆家曾经是一个幸福的四口之家,有父母、比她大两岁的哥哥和她。然而,天有不测风云,在她十二三岁的时候,父亲上山砍柴时不幸失足离开了人世,在亲戚朋友的帮助下,按当地风俗将父亲的遗体运到拉萨进行了天葬,从此这个家留下了无助的母亲和两个年幼的孩子。为了帮母亲共同撑起这个家,为了让她继续读书,正在上小学六年级的哥哥从此再没上学，每年夏天都住在离家几十千米的山上草场放牦牛。

布姆曾去过一次云南，是林芝市为发展当地旅游事业而组织的"牧家乐"旅游参观学习团，可能是考虑到学生有文化就让她去参观学习了。这是她第一次走出西藏见到外面的世界。布姆说，她们家乡的旅游等各方面还比较落后，还得多向别的地方学习。这让我想起了在林芝认识的一位叫白玛的出租车司机，他说："我们的旅游景区都让外地人承包了，钱尽让他们挣了。"我说："那你们自己经营了哇。"他双手一摊，无奈地说："我们不会哇。"而正在西安民族学院学习民族事务管理专业、假期帮白玛开车的儿子则认为："只要我们

藏族小朋友嘎玛

用心学习，外地人能做的事我们也一定能做到。"

说完了布姆，让我们再来说说藏族小朋友嘎玛，和老一辈藏族人只会讲藏语不同，正在上幼儿园的嘎玛会3种语言，和她表姐布姆交流用藏语，与我们交谈用的是流利的汉语，此外他还在幼儿园学会了一些日常用的英语。看到我

们在不停地拍照，他也用布姆的手机拍个不停，其中一张我很满意，从西藏回来至今一直用作我的微信头像。我对他为我拍下了满意的照片表示感谢时，他说："我也应该谢谢你，为我们拍了那么多照片。"

短暂的相处，我从布姆和嘎玛的身上看到了希望。

西藏归来已两年多了，现在布姆已经是济南大学心理学专业大二的学生，嘎玛可能已经上小学了。衷心祝愿他们在新的环境中健康成长，成为有知识、有抱负的新一代西藏人，西藏的明天属于他们！

（2017 年 10 月）

2024 年 2 月补记：布姆已从济南大学心理学专业毕业，现在西藏昌都市当教师。

# 感受红场

在我的印象中,红场是一个神圣而遥远的地方,对于我等普通中国人来说,那是一个可望而不可即的地方。改革开放使很多过去不敢奢望的事变成了现实。

2017年仲夏,我踏上了俄罗斯的土地,来到了莫斯科克里姆林宫的红墙外,而红场就在克里姆林宫的东墙边。当多数团友选择在导游的带领下游览克里姆林宫时,我决定将全部时间都留给红场。

莫斯科街景

"红场"在俄文里是"美丽广场"的意思,位于俄罗斯首都莫斯科的市中心,临莫斯科河,始建于15世纪末,是世界上著名的广场之一。

红场是一个不规则的长方形,资料介绍,红场南北长695米,东西宽130米,总面积9万多平方米,地面全部用一种特殊的条石柱铺成,条石柱露出地面部分和一块砖的大小差不多,而嵌入地下部分深达一米。怪不得多少坦克铁甲驶过，红场的地面岿然不动。据说整个红场用的条石柱是2700万块，以纪念在苏联卫国战争中牺牲的2700万名红军战士和平民。

漫步红场，十几分钟就可绕场一周，感觉并没有我想象中那么大，据说面积是天安门广场的五分之一。然而红场虽小却功能不少，政治、经济、历史、宗教等功能一应俱全。

从北向南看红场，从左至右分别是，莫斯科国立百货商场、圣·瓦西里升天大教堂、列宁墓、克里姆林宫

从南向北看红场，从左至右分别是，克里姆林宫、列宁墓、历史博物馆、莫斯科国立百货商场

红场的北面是俄罗斯国家历史博物馆,东面是莫斯科国立百货商场,南部是圣·瓦西里升天大教堂,西侧是列宁墓和克里姆林宫的红墙及3座高塔,列宁墓顶层建有检阅台,每当国家举行重大活动时,领导人就在上面检阅指挥。

漫步红场,我看到来自世界各地的人们络绎不绝,其中还有一些坐着轮椅的人,也在家人的陪伴下来到这里。

徜徉在这条石铺就的红场上,我似乎感受到了俄罗斯民族曾经的苦难和辉煌。红场确实算不上大,但是在红场上走过的队伍和武器装备足以震慑和影响世界。

1941年10月,德国法西斯在横扫欧洲之后,集中了180万军队和成千上万的飞机、大炮,将莫斯科团团围住。

苏联军民在朱可夫元帅的指挥下,进行了举世闻名的莫斯科保卫战,顽强地抗击了法西斯军队一次又一次的进攻,经受了一次又一次的狂轰滥炸,终于守住了莫斯科。

1941年11月7日,一场纷纷扬扬的大雪为莫斯科披上了银装,震惊世界的红场大阅兵就在雪中进行,坦克、大炮、汽车银装素裹,庄严肃立的指战员们浑身披雪。他们屏气凝神地聆听着斯大林从检阅台上发出的战斗号令:

历史博物馆外的朱可夫元帅雕塑

全世界都注视着你们,把你们看作是能够消灭德国侵略者匪军的力量。处在德国侵略者压迫下的欧洲被奴役的各国人民都注视着你们,把你们看作是他们的解放者。

…………

彻底粉碎德国侵略者,消灭德国占领者,我们光荣的祖国、我们祖国的自由、我们祖国的独立万岁!在列宁的旗帜下向胜利前进!

…………

斯大林讲话结束后,《国际歌》(当时苏联的国歌)响彻云霄,掌声、口号声此起彼伏,整个红场都在高呼:"乌拉!"

数十万全副武装的红军战士,迈着坚定雄健的步伐,从列宁墓前走过,接受统帅们的检阅。他们走过白雪覆盖的红场,直接走向了反法西斯战争的最前线。

经过4年的浴血奋战,苏联军民以牺牲2700万人的代价攻克了柏林,战胜了德国法西斯,与世界反法西斯力量一道,赢得了第二次世界大战的最后胜利。

红场外的无名烈士墓

从红场北口出来，沿着克里姆林宫的红墙西行不到百米，有一座著名的无名烈士墓，是为纪念在反法西斯战争中牺牲的无名英雄而建造的。一尊钢盔和军旗的青铜雕塑安放在深红色的大理石基座上，雕塑前方燃烧着一团永不熄灭的火焰。神情庄重的哨兵持枪站立两侧，这便是俄罗斯妇孺皆知的"全国第一岗"。据说外国领导人到访俄罗斯时，都要到这里来敬献鲜花。

墓碑上的俄文我不认识，有资料介绍说，上面写着：你的名字无人知晓，你的功绩永世长存！

趁游览克里姆林宫的团友们还未出来，我再次走进了红场。

此刻，我的眼前仿佛又闪现出了70多年前那令人荡气回肠的一幕，耳际仿佛又响起了"乌拉"的欢呼声和军靴踏出的铿锵脚步。

（2018年8月）

# 泛舟塞纳河

## 一

2017年初冬时节,我和妻子随团赴西欧旅游,在法国巴黎有一个行程是乘船游览塞纳河。

塞纳河是法国第二大河,不过它和我们中国的长江和黄河一比较,就很难称大了。因为塞纳河从朗格勒高原发源,到英吉利海峡入海,全长只有780千米。

然而,江河无论大小,都是一座城市的幸运。法国人说,没有巴黎就没有法国;而巴黎人说,没有塞纳河就没有巴黎。

乘船游塞纳河

二

泛舟在塞纳河上，我看到塞纳河从巴黎的黄金地段穿越，像一条玉带静静地流过最繁华的市区。巴黎人亲切地称它是慈爱的母亲。还有人把塞纳河比作巴黎的水上香榭丽舍大街，因为这里许多举世闻名的历史建筑和艺术瑰宝大多坐落在河的两岸。

游船在平静的水面上缓缓前行，两岸的著名景点接踵而来，有我此前就知道的，更多的是不曾知道的。埃菲尔铁塔、巴黎圣母院、卢浮宫、凯旋门、协和广场……令人目不暇接，感觉像是在展开一幅长卷水墨画，又仿佛是在穿越一条古老的历史隧道……

三

泛舟在塞纳河上，我看到塞纳河穿过巴黎城，把整个市区分成了南北两个区域。根据河水的流向，巴黎人把塞纳河的南边称为左岸，把河的北边称为右岸。连接着左右两岸的是36座建造年代不同、建筑风格各异的大桥。

亚历山大三世桥

塞纳河流经巴黎市区的十几千米中，每隔三四百米就有一座桥。资料介绍，塞纳河上最古老的桥有3座，它们是玛力桥、新桥和王桥，都是17世纪前后建造的，距今已经三四百年了。

这里的每座桥都是特定历史年代的见证，每座桥都有自己的故事。其中最宏大最亮丽的当数亚历山大三世桥，桥的正中间雕有金色花环、天使手中的灯盏和海洋女神雕像，两端桥塔上是长着翅膀的小爱神托举着一尊金黄色的青铜飞马雕像。这座桥是俄国沙皇为纪念法俄结盟而出资修建的，大桥两端连接的是著名的香榭丽舍大道和荣军院广场。

四

泛舟在塞纳河上，两岸梧桐树后的古老建筑物换景移，唯有一景，时远时近，却几乎从未离开过我的视线，它就是巴黎的地标——埃菲尔铁塔。浪漫的巴黎人还给铁塔取了两个名字，一个叫云中牧女，另一个叫铁娘子。1889年，

塞纳河畔的埃菲尔铁塔

为纪念法国大革命胜利100周年,法国政府决定在巴黎举行一次规模空前的世界博览会,并在塞纳河畔的战神广场建造一座象征法国大革命和巴黎的纪念碑,著名桥梁工程师埃菲尔的设计方案——一座象征着工业文明,在巴黎任何角落都能看到的巨塔应运而生。

资料介绍,征集设计方案时还附加了两个条件,一是高塔能吸引游人买票参观,(现在成人乘电梯登顶一次的票价应该是十几欧元)二是世博会后能轻易拆除(结果是至今未拆)。据说,当年巴黎不少文化人曾强烈抗议,要求停止这项"愚蠢的工程"。

如今,100多年过去了,这座曾经保持了世界最高建筑纪录(324米)40多年的铁塔,仍然巍然屹立、高耸入云。

有关埃菲尔铁塔还有个笑谈,说是著名作家莫伯桑当初也极力反对建塔,有趣的是,建成后他还经常光顾铁塔二楼的餐厅,他的说法是,在巴黎,这里是唯一看不到铁塔的地方。

塞纳河畔的巴黎圣母院

## 五

泛舟在塞纳河上，令我最关注的另一个景点是有着800多年历史的巴黎圣母院。我最早知道巴黎圣母院，缘自雨果的小说和同名电影。

当游船绕过西岱岛时，同行的团友们大声喊了起来："巴黎圣母院。"一座哥特式建筑出现在我们的眼前，高耸的尖塔、精美的雕刻、古老的格调……尽管前一天我们已进入巴黎圣母院参观过了，但站在游船上再观这座历时180多年建成的大教堂，仍然令我震撼。

资料记载，巴黎圣母院始建于1163年，是欧洲历史上第一座全哥特式基督教大教堂，其中还珍藏着13世纪至17世纪大量的艺术珍品，凝聚了法兰西人民的浪漫与智慧。

不幸的是，2019年的一场大火让这座巴黎历史最悠久、最具代表性的古迹损失惨重。

巴黎圣母院内景

## 六

泛舟在塞纳河上，忽然间我的思绪有些纷杂，时空有些穿越——勤工俭学、左岸咖啡、旅欧支部、出国旅游……一系列的画面在我的脑际叠加。

19世纪初的塞纳河畔，右岸是新兴商业的繁华景象，左岸则洋溢着浓厚的人文气息。林立的咖啡馆便成了文人墨客和思想家、政治家们流连忘返的地方，他们在这里沉思，他们在这里畅谈，他们在这里争论。其中不少人的名字如雷贯耳：雨果、萨特、卢梭、伏尔泰、毕加索、海明威……据说，列宁流亡巴黎时也经常在这里与托洛斯基探讨和争论着俄国的革命。中国人来过这里的也不少，徐志摩、蔡元培、蔡和森、周恩来、王若飞、邓小平、朱德、陈毅、李富春、李维汉、陈延年……

1920年，年仅16的邓小平告别家乡，经过39个昼夜的海浪颠簸，来到法兰西勤工俭学。在巴黎期间他结识了周恩来，从此投入了革命的阵营。

当年巴黎有一家名不见经传的小咖啡馆，楼上有一间4.5平方米的小屋，这里就是中国旅欧党团组织活动的地点，周恩来、邓小平等老一辈革命家经常在这里聚会，探寻着救国救民的道路。

一个多小时的乘船游览结束了，回望塞纳河，我在心中默默地想：假如没有老一辈革命家的探索和奋斗，没有改革开放和国家经济的快速发展，我们这样普普通通的中国人，还能不远万里飞到法国，在塞纳河上泛舟吗？

（《长河》第61期　2019年8月）

# 尼罗河上的少年

埃及是一个古老而神奇的国家，那里有世界第一长河——尼罗河，那里有建造于4500年前的金字塔，那里有凝结着古埃及人智慧的众多神庙……然而，从埃及回来至今，最令我难忘的却是尼罗河上的那两个少年。

尼罗河上的少年

遇到两个少年的前一天晚上，我们从开罗飞往阿斯旺，阿斯旺位于埃及的南部，距离开罗1000多千米。我们将从这里乘坐大型游轮，由南向北顺流而下，在尼罗河上度过4天3夜的悠闲时光。从阿斯旺机场出来，夜色已浓，我们先坐车后乘船，入住尼罗河西岸小岛上的度假酒店时，已是当地时间凌晨两点多了。

第二天上午，我们告别了环境幽雅的小岛，离岛的船不大，船舱中间摆放着大家的行李，周边大概能坐20人。为了方便拍摄，我坐在了船舱的右后侧并

尼罗河上的少年

打开了照相机。

  船刚刚离岸，船舱外忽然传来了歌声，我探出身子一看，是两个男孩，大约十一二岁。他们皮肤黝黑，每人只穿一件裤头。两人蹲坐在一个大约一米长的冲浪板上，一只手托在船舱上，以保持冲浪板与船同行。他们唱的词我听不懂，估计是埃及语，但曲调听出来了，是我们中国的儿歌《两只老虎》。歌词大意是："两只老虎，两只老虎，跑得快，跑得快，一只没有耳朵，一只没有尾巴，真奇怪！真奇怪！"

  对中国游客唱中国儿歌，效果立竿见影，团友们纷纷从身上翻找零钱，递到了两个少年手中，其中有埃镑，也有人民币，还有的送上了途中应急的小食品。

  大概因为他们每天要与行进中的游船磕碰在一起，看上去稍大一点的那个少年膝盖处伤痕累累，一位女团友找出创可贴递到了他的手中，稍小一点的那个少年大概没认出是创可贴，或者不知道那是干什么用的，大一点的那个少年指了指自己膝盖处的伤痕。此时此刻，没有语言的交流，只有眼神和手势的传递。我看到少年的眼中饱含深情，望着给他创可贴的那位女士，因为他知道，创可贴并不值钱，但它让一个漂泊在尼罗河上的非洲少年感受到了这位中国游客母亲般的关爱。

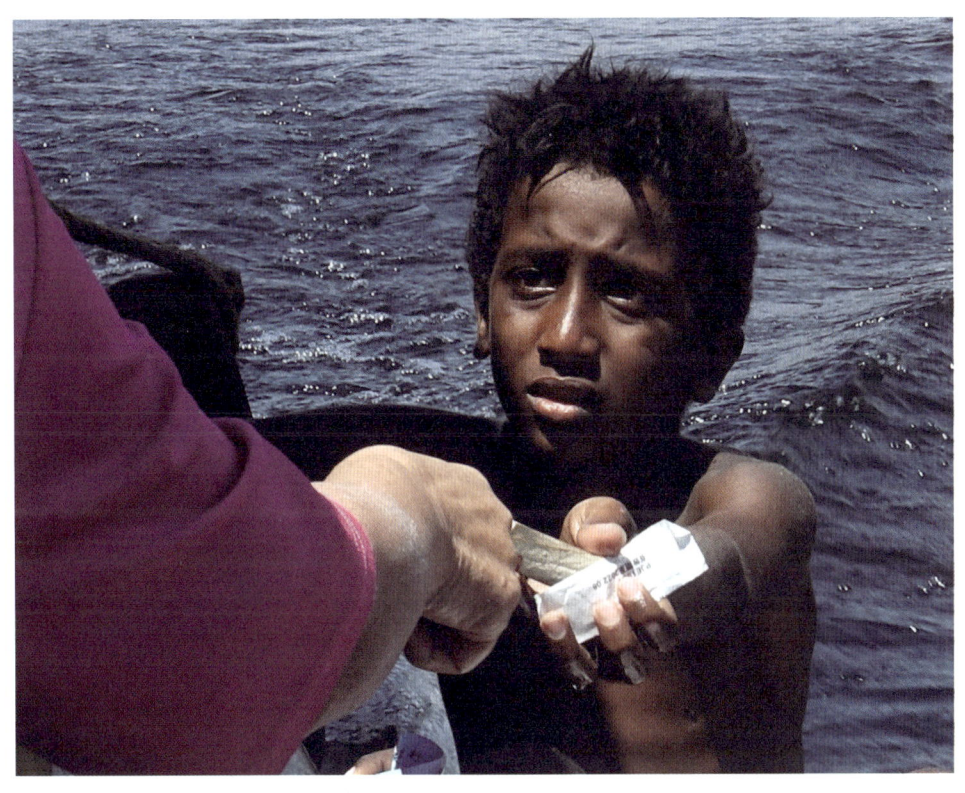

尼罗河上的少年

几分钟后,我们乘坐的游船不断加速,岛上的度假酒店越来越远,快门声中,两个少年和他们的冲浪板在我的镜头中越来越小,最后什么也看不见了,取景框中只有奔流不息的尼罗河水……

(2023 年 7 月)

# 故时风物

## 铁匠铺

铁匠是一门古老的手艺,不过这幅照片的时间并不久远,但拍这幅照片时铁匠铺已经不大好找了。

铁匠铺

中国最早的铁匠是谁?一说是春秋末的老子李耳,又称老君。传说老君丹炉烧炼"九转金丹",铁匠炉就是李老君流传民间的炼丹炉。因此,旧时很多铁匠铺供奉老君为祖师爷。

在生产力相对落后的年代,铁匠曾是百匠之首。一个家庭从生活用具到生产工具,从菜刀、铁铲、铁勺到铁锨、锄头、镰刀……哪一件能离开铁匠?"铁匠翻翻手,养活十五口",是我很小的时候就记住的一句话。说明在那个年代,铁匠是一个能挣钱的行当。

铁匠铺一般都是一间破房子,房中间有一座用来煅烧铁坯的土火炉,炉边架一风箱，用来控制火的温度，行话叫把握火候。铁匠炉对煤炭的要求很高，我小时候看到的铁匠炉烧的都是焦炭，因为焦炭的燃点高、热量大。

铁匠用的工具有小铁锤、大铁锤、铁夹子（用来夹烧热了的铁坯）、砧子（打铁的平台）等，我们现在经常听到的"打铁还得自身硬"这句话就出自这里。

一个铁匠师傅一般带一到两个徒弟，工作开始，徒弟风箱拉的火苗直窜，师傅用夹子翻看着铁坯，火候一到师傅用左手夹住铁坯迅速放在砧子上，此刻，徒弟的双手已经抡起了大铁锤，师傅右手握着小铁锤开始敲打，随着小铁锤的节奏和重点，徒弟的大铁锤也落了下来，"铛、铛、铛……"锤声时轻时重，时缓时急，一曲劳动的交响乐浑然天成，而指挥棒就是师傅手中的那把小铁锤。铁坯子经过师徒的千锤百炼，渐渐成型，师傅夹住成型的新品放到了旁边的冷水槽中，在"嗤嗤"的响声和白气的升腾中，一件新品完成了"淬火"（淬火可增加硬度），随后再略加修整就可以交工了。

铁匠是一个特别苦的营生。在我们吹着电扇还燥热难耐的盛夏，他们必须坚守在火炉旁，把炉火烧得通红，把铁锤抡砸得有板有眼。行内有人说，没有力量不能打铁，不想吃苦不要打铁。

达拉特旗最早的铁匠铺在哪里？我无从考证。隐约记得20世纪70年代初，永来城有一个车马店，车马店里就有一个铁匠铺。那时候骑自行车上下班每天从车马店前经过，有时候还会看到钉马掌的。

（2022年10月）

## 老瓷窑·粗瓷器

一

五一期间，在影友语林的热心组织下，我们达拉特旗摄影家协会10余人去老瓷窑进行了一次采风活动。这个瓷窑我并不陌生，2018年秋天曾去拍过一次。

二

老瓷窑地处达拉特旗敖包梁（现属风水梁镇）与准格尔旗樊家渠的交界处，109国道从瓷窑的南边经过。原料是当地出产的一种叫高岭土的黏土。改革

手工制坯

开放前我在下乡途中，经常看到不少农民的土平房顶上都铺着一层这种黏土，雨水越冲刷越光滑，越冲刷越结实。看似简单的就地取材，却解决了土房顶的防水问题。

语林的父亲曾经在瓷窑工作多年，因此他对敖包梁的老瓷窑比较熟悉。据说，当年在敖包梁乡石匠窑一带，粗瓷烧制是一个比较红火的营生，这里的瓷业社是达拉特旗二轻局下属的一个集体企业，从业者不少，主要靠手工操作，生产各种大瓮、瓷坛和瓷盆等产品。尽管都属于粗瓷系列，却是那个年代城乡居民每个家庭都离不开的必需品。

随着人们生活水平的逐步提高，这种粗瓷的市场需求越来越小。当年的瓷业社早已不复存在，只有早年从敖包梁发展到毗邻准旗樊家渠的一家瓷窑还在烧制。按照语林的说法，这种古老的传统手工业已难以为继，瓷窑的师傅们是在这里做最后的坚守。

"千斤炉火四两窑"，概括了瓷窑师傅工作的特殊性。烧窑既是一项繁重的体力活，又是一项精细的技术活。在我看来，加泥、揉泥、搅轮子、跑场子、装窑、卸窑等都需要较强的体力和耐力，而制作坯子、控制火候则需要娴熟的操作和精准的把握。尽管现在瓷窑上有的工序也实现了半机械化，减轻了部分体力劳动，但我在瓷窑师傅中一直未看到年轻人的身影。

我们拍片的那天，瓷窑的师傅们正在制作一种瓷管坯子，高1米左右，直径20多厘米，和我20世纪70年代初打临工时用过的一模一样，连接起来就是可长可短的输水管道，我当年干的活儿就是为管道接口处抹水泥。据说现在这类产品大多数都用在农村房顶上做烟囱了。随着几位师傅的忙碌，窑前的空地上依次摆满了瓷管坯子，好像士兵列队一样整整齐齐。我和影友们"上蹿下跳"，拍了个不亦乐乎。

在窑场周边的好几处空地上，摆放着很多烧制出的各种瓷器，大瓮、瓷坛、瓷盆，还有粗细不等的瓷管等。有些荒草丛中的瓷器看上去已经有些年头了，好在出了窑的瓷器是不怕风吹雨淋的，有人要买时只需清洗一下，瓷釉颜面如初。

精心打磨

## 三

有人说瓷器是五行的艺术，它需要土的聚形、木的熏陶、水的润泽、火的冶炼，才能有金石般的坚硬。

我对瓷器知道的不多，但也听说过有官窑和民窑之分，知道有艺术细瓷和实用瓷器的区别。中国的瓷器闻名世界，因此在英语中中国（China）就是瓷器，瓷器就是中国。而在我看来，敖包梁式的粗瓷虽然没有景德镇瓷器的精美华贵、名扬天下，但质地粗朴经济耐用，是我们多少人家庭中曾经不可或缺的器具，而在这些瓷器中又承载了太多关于时代、关于长辈以及关于我们自己的记忆……

## 四

我是1982年成家的，虽然住在城镇，但当时除了简单的家具，粗瓷器是必须要买的，一个水瓮，一至两个腌制酸白菜的大瓮，还得有一个放烂腌菜的瓷坛。

记得当年我的姨父骑着自行车给我家送来一个小黑瓷坛，大小约20厘米，看上去挺精致，也挺实用，我们用它腌过蒜、腌过茄子……至今仍在使用。38年过去了，小黑瓷坛依旧，送此物的人却早就不在了。

五

我还很小的时候，一天，母亲不小心把和面的瓷盆掉在了地上，她非常难过，好在没有摔得太碎，她把几块破瓷拣起来，默默地拼到了一起，呆呆地看了好大一会儿，好像那天的早饭她也没吃。后来听说来了个钉瓷器的匠人，母亲赶紧把人家请了过来，师傅在几块破瓷的外边钻了一些小孔，但不打穿，然后用订书钉似的十几道铁钉把瓷盆牢牢地固定在了一起，最后在接缝处涂了一种油状的东西。和面盆补好了，母亲里里外外看了好几遍，脸上露出了久违的笑容。我后来才知道，师傅用的工具叫金刚钻，也才知道"没有金刚钻，你就别揽瓷器活儿"。

母亲拼凑碎瓷盆和钉好瓷盆后的两个画面在我童年记忆中留下了难忘的印记。20世纪60年代末，我在公社所在地上初中，一个偶然的机会听说供销社进回了一批好瓷盆，但当年商品匮乏，很多东西从柜台上是买不到的。和我十分要好的一个同学有亲戚在供销社上班，我便托他为我"走后门"买到了一套。学校放假了，我把那套瓷盆精心捆绑在行李中，小心翼翼地背回了家。这套瓷盆色彩淡雅，图案大方，好像有五六个，最小的比碗大些儿，最大的一尺左右。母亲把它们从小到大依次摆在炕上，左端详，右抚摩，脸上洋溢着满足的表情。在我的记忆中，多年后我为她买回金戒指时也没有那样高兴。

2006年秋天，母亲走完了她86年的生命历程，整理遗物时我找到了那套瓷盆中的3个，征得众人同意后，我把它们带回了我家，不为使用，只为保存。

烧制完成

## 六

2020年五一假期的最后一天,亲戚中一个小辈喜迁新居,我应邀赴宴,见识了当下比较前卫的装修风格,感慨良多,我和他们差不多年龄的时候,经常为再买个酸菜瓮哪里便宜而纠结,而他们早已和粗瓷说"拜拜"了,连盘碗用的都是清一色的"宜家"。

我们家是2003年住进电视台集资楼的,因为还附带个车库,搬家时除了亲戚需要的几件外,剩下的大小瓷瓮连同坛坛罐罐都搬过来了。虽然已很多年不腌酸白菜了,但这些瓷器偶尔还有些用处。米面买的多了就先放在大瓮中,添置冰柜前,冬天肉买多了冰箱放不下,也可先放在大瓮中自然冷冻。

## 七

粗瓷虽然经济耐用,但在改革开放前,还有很多人家或者买不到,或者买不起。于是在北方一些农村,泥瓮和水泥瓮应运而生。

脱泥瓮的程序好像不算复杂，先把一个瓷瓮倒扣在平地上。第二步在瓷瓮四周覆盖上一层薄薄的麦秸。第三步把用黏土和好的泥在麦秸上抹上2厘米左右厚。第四步等泥凉干后把瓷瓮抽出，泥瓮的主干便初步成形。第五步用细泥整边、套里。第六步用刷墙粉粉刷外表，彻底晾干后一个泥瓮就完成了。泥瓮除了不能盛水和腌菜，存放粮食透气不返潮，据说比瓷瓮还好。后来出现的水泥瓮是泥瓮的升级版，只是把中间的麦秸换成了铁丝，晾干的过程中需要定期洒水。

泥瓮和水泥瓮的兴起，一个时期成了北方农村家庭中的一道风景，尽管算不上亮丽。老家晋北过去多为一堂两屋，堂屋正中间是一个大衣箱，左右两侧几乎全都是瓮——瓷瓮、泥瓮、水泥瓮。一位农民自嘲道："你别看我用的全

老瓷窑全景

是泥瓮，你知道我泥瓮中有几根金条？"当然这都是改革开放以前的事儿了。

20世纪90年代初，父母搬往县城前，母亲想把几个在她看来挺实用的泥瓮送给一位以前相对贫困的村邻，没想到人家的生活也好了，已经不再需要这些东西了。

## 八

说完了"口里",我们再来看看"口外"。改革开放初期,我在内蒙古达拉特旗电视台当记者,和同事去西梁外拍摄抗旱专题片,有一个画面至今难忘。那是在蓿亥图乡,这里缺水无电,人畜饮水十分困难,村民们要到几千米外的地方拉水,都挺不容易,因此很多人家中摆着五六个粗瓷大瓮盛水。当地人编了一句顺口溜:"穷得要甚没甚,进门一溜大瓮。"

2018年金秋,我作为摄影人再去西梁外拍片时,这里打了深井上了电,村民都用上了自来水,不少地方还实现了喷灌,"进门一溜大瓮"的场面再也找不到了。

## 九

写到这里,我忽然有所感悟:粗瓷的大量使用是和落后的生产生活方式相伴的。告别粗瓷其实是在告别贫穷、告别落后。从这个意义上来说,我们也不用为老瓷窑的萎缩而伤感。

一位外国哲人说:忘记过去,就意味着背叛。一位中国古人说:温故而知新。

对于我们摄影人来说,应该把老瓷窑那些即将消逝的场景记录下来,用影像留住历史,让影像告诉未来。

(《鄂尔多斯》2021年1月刊)

## 西梁外·大凉山

西梁外和大凉山，一个大西北，一个大西南，远隔千山万水，似乎是风马牛不相及的两个地方，今天却被我写在了一起。

西梁外在地图上是找不到的，它是内蒙古达拉特旗人对本旗西部黄河冲积平原以南丘陵地区的一个俗称，包括高头窑、青达门、呼斯梁、蓿亥图等4个乡，撤乡并镇后这些地方分别划归了沿河的乡镇。

我对西梁外的最初印象缘自40年前，那时候我在达拉特旗唯一的国营照相馆工作，为偏远地区的农村学校照毕业照是当年服务行业的任务之一，下乡过程中西梁外的蓿亥图给我留下了特别难忘的印象，可以说这里当年是全旗最偏远、最荒凉、最落后的一个地方。

我们一大早从旗里坐上大客车，中午过后到达了高头窑，而从高头窑到蓿亥图是隔日才通一班车，为了赶时间，我们搭乘了一辆拉炭的拖拉机，坐在装满大炭的拖斗上，举目四望，满眼荒凉。日头偏西时，我们终于摇晃到了目的地——蓿亥图公社所在地的大井学校。

全副武装

名曰大井却没有水井。坐了半天的炭车，满脸煤污沙尘，学校老师一见面就嘱咐我们，洗脸时要节约用水，因为这里用的水都是从十几里外拉回来的。天色渐暗，外面响起了柴油机发电的声音，老师告诉我们，早点休息，晚上10点就停电了。

20世纪80年代，我在达拉特旗电视台当记者，有一年天大旱，我们去西梁外拍摄旱情汇报专题片，七八月份了，蓿亥图地里的粪堆未撒。我们只能在两处地方看到绿色，一处是多年的大树，一处是村民门前种的几平方米大小的菜地。还有一个画面至今难忘，因为吃水困难，拉一次水很不容易，所以每户人家盛水的缸都特别多，有人编了句顺口溜："穷得要甚没甚，进门一溜大瓮。"

2018年金秋时节，为拍摄全旗脱贫攻坚和乡村振兴的画刊图片，我和影友又来到了西梁外，这个地方叫黄母哈日村，原属蓿亥图乡，撤乡并镇后划归了恩格贝镇。

镇里的小石领着我们下车拍摄时，我简直不敢相信自己的眼睛，放眼望去，高压输电线银光闪闪，自动喷灌机像长龙静卧，一片片平展的土地上人声鼎沸，一台台马铃薯收储机穿梭不断，一排排装满马铃薯的彩色编织袋像士兵一样整齐列队伸向远方。这就是当年偏远而荒凉的西梁外吗？

更令我想不到的是，土地上忙着装马铃薯的人们，竟然是来自大凉山的彝

在地头休息

族人。

我们知道,大凉山位于四川省西南部,1935年红军长征经过凉山,巧渡金沙江、召开会理会议、举行彝海结盟,留下了不少红色的故事。凉山1950年解放,1952年成立凉山彝族自治州。然而,凉山彝族自治州的腹地,因其特殊的历史、社会、地理等原因,1956年实行民主改革前仍然保持着完整的奴隶社会制度,这在世界上也实属罕见,被专家学者作为研究人类奴隶社会形态的活化石。

头顶簸箕比个"耶"

我没有去过大凉山,但在我的印象中,凉山是偏远的、封闭的、落后的,当然,凉山也是神秘的。近年来,不少摄影人去凉山采风拍片,而我看到的摄影作品也大多是黑白和灰色的,似乎黑白灰就是凉山彝族人的生活底色。

然而,在今天的西梁外,我真真切切地看到了彝族人生活中的色彩。他们告诉我,他们来这里打工已经是第三个年头了,有经纪人组织,这年来了近100人,一般秋季来干一个月左右,干完就回去了。在我的镜头中,他们的服饰丰富多彩,他们的脸上洋溢着笑容。

来黄母哈日村种植马铃薯的是双星现代农牧业公司,他们承包了村民3000亩土地,承包期30年,然后打井上电,机械化耕作,种植马铃薯和红葱。当地村民既能分到土地承包费,自己还另有土地耕种,生活滋润不缺钱。

装车

  双星公司的经理告诉我,装一袋马铃薯公司支付1块3毛钱工资,经纪人要从中抽一点,但来打工的人很满意,因为他们的总体收入都很可观,据说装卸车的小伙子一天最高能挣到五六百元。

  2018年是改革开放40周年,不少媒体推出了《我身边的变化》等栏目。

  西梁外变了,从无电缺水到自动喷灌。大凉山的彝族人也在变,走出封闭的大山,走向外面多彩的世界。这些不就是发生在我们身边的变化吗?

(《长河》第 59 期　2018 年 6 月)

## 赛车开进响沙湾

1992年9月25日,达拉特旗迎来了一件世界瞩目的大事,巴黎—莫斯科—北京国际汽车拉力赛在响沙湾赛段进行。全旗有数千人赶到了罕台川两岸,现场观看这一横跨欧亚的国际赛事。

赛车开进响沙湾

这次国际汽车拉力赛,穿越欧亚大陆的11个国家,总赛程达16000千米,是当今世界上距离最长的一次汽车大赛。

来自欧洲、亚洲19个国家的300多名汽车、摩托车驾驶员参加了比赛。陪同赛手远征的还有一支拥有直升机、固定翼飞机和各类工作车辆等庞大的后勤保障队伍。

9月1日，巴黎埃菲尔铁塔下，在万众瞩目下，300多辆汽车、摩托车组成的大赛车队踏上了征程。9月25日来到了中外驰名的响沙湾赛段时，赛程已接近尾声。

经过27天的连续征战，1992年9月27日，这支在万里征途上历尽艰险的车队，终于浩浩荡荡地开进了北京城，到达了巴黎—莫斯科—北京国际汽车拉力赛的终点。

据有关资料，拉蒂格获得了本次大赛汽车组的冠军，他驾驶的是雪铁龙赛车。皮特汉赛尔获得了摩托车组的冠军，他驾驶的是雅马哈摩托车。

（2022年10月）

## 曾经的达拉特旗制糖厂

达拉特旗制糖厂大门口的这幅照片拍摄于1987年五一期间。其间,糖厂上一个榨期的生产已经结束,一年一度的职工运动会正在厂篮球场上进行。我受厂领导的邀请为他们拍摄运动会照片,运动会间隙为糖厂两位女职工拍下了这幅照片。

达拉特旗制糖厂

达拉特旗糖厂位于树林召东大街北侧,筹建于1973年,1977年试生产,1978年10月正式投产,设计规模为日处理甜菜200吨。

1978年至1982年,糖厂属稳步发展阶段,绵白糖年产量从113吨增加到2307吨,年产值从16.5万元增加到313.4万元。上缴税金26万元。鄂尔多斯绵白糖产品远销京、津、冀、鲁等地,深受好评,产品常常供不应求。

生产蒸蒸日上,职工福利优厚,那些年,糖厂的职工穿着福利皮夹克,扛着福利"羊骨隆",成了全旗干部职工羡慕的对象,不少行政事业单位的干部、教师也慕名调进糖厂。糖厂最兴旺时职工人数达到470多人。糖厂破产后,这些人后悔不已,当然这是后话。

随着市场经济的不断发展,达拉特旗糖厂经历几起几落,到1995年出现了资不抵债的困境,1997年被包头糖厂兼并。

从1987年到现在,35年过去了,当年拍照的地方已经高楼林立,成了富贵家园住宅区,唯有这幅老照片仍然见证着达拉特旗糖厂曾经的模样。

(2022年10月)

# 三上娘娘滩

### 初上娘娘滩

1976年夏天,我作为下乡工作队的秘书,去山西省河曲县的河湾村外调,从内蒙古准格尔旗的马栅公社坐小木船过黄河,途中停靠在黄河中央的一个小岛边上,摆渡的小伙子说这里叫娘娘滩,他家就住在岛上。上岛一看,只见这里绿树掩映着农舍,田野中小麦泛黄、玉米吐绿,村子里狗吠鸡叫声此起彼伏。好一个娘娘滩,这不就是世外桃源吗?

娘娘滩全景图(2019年5月)

为什么叫娘娘滩呢?相传,汉高祖刘邦驾崩后,吕后专权,将襁褓之中的刘恒及其母薄太后逐出京城,为躲避吕后的继续加害,在几位大将率员的保护下,他们一路辗转来到了匈奴地界。突然,一条大河横亘在眼前,在惊慌与绝望中,他们意外地发现了黄河中有两座小岛草木遮天,与世隔绝,便在这里住了下来。12年后,从这座岛上走出一位少年,他就是被后世誉为"文景之治"的汉文帝刘恒,娘娘滩也因此而得名,另一座更小的岛冠名太子滩。据说当年保护他们的大将就是中国历史上赫赫有名的李广、李文和李功。我此后的访问证实,娘娘滩上的住户确实都是李姓人家。

### 再上娘娘滩

2017年深秋,我和影友阅春采风途中,夜宿在准格尔旗龙口镇,(40年前这里叫马栅公社,后因附近的龙口水利枢纽工程而改为龙口镇)议到第二天的行程时,我便向他推介了离此处不远的娘娘滩。

我们由北向南驱车在龙口黄河大桥上,看到一个大型水利枢纽工程控制了黄河,龙口下的黄河水变清了,也变小了。站在摆渡我们上岛的小铁船上,全然没有了当年渡黄河时的感觉,我甚至怀疑,这是黄河吗?

在霏霏秋雨中,我们登上了静静的娘娘滩。村口不远处有一座二层的小楼,上面挂着"娘娘滩文物展览馆"的牌子,与小楼连着的还有一个观景台,但都是铁将军把门,后来得知主人有事出岛了。沿着村中的小道,我们登上了岛内另一个制高点——圣母殿的角楼。举目四望,黄河北岸是我们昨晚住过的内蒙古准格尔旗的龙口镇,南岸是山西河曲县的河湾村,再往南是河曲山梁上逶迤的长城,有资料说这是明长城,东边是隐约可见的太子滩,西边的黄河静静地流向河曲县城。

黄河是世界第五大长河,中国第二长河,据说,在全长5464千米的黄河上,有人居住的岛屿只有一个,那便是我们脚下的娘娘滩,资料介绍娘娘滩长800多米,宽500多米。

娘娘滩上以前有30多户人家,清一色李姓,一百好几十口人,300多亩地全部能浇上黄河水。

岛上的人们一向重视读书,娘娘滩小学出去的学生曾先后有6人考上了大学,《人民日报》《光明日报》当年都报道过娘娘滩小学。说起这些,岛上的人们至今仍津津乐道。

现在学校撤并了,教室改成了村委会。很多人家为了孩子上学,或者为了挣钱,都搬出去了,还有些人是两头住,种地时住在岛上,种完地就离开了,这么一来常住在岛上的就只剩老年人了。

沿着村中的小路寻访,一位头上围着白羊肚手巾的老人进入了我们的视野,走近发现是一位老大娘。大娘今年83岁,丈夫已去世,她的身体看上去清瘦而硬朗,她正站在小雨中,从豆角架上往下解各种颜色的布条子,准备来年绑架时再用。豆角架旁边还有些仍长在地里的大白菜和圆白菜,看样子长得不错。

正在拆豆角架的老人(2017年10月)

老人领我们走进了她一个人住的家,院子不小,整洁有序,房墙上的一串串红辣椒格外醒目,屋檐下的玉米垛整整齐齐,一只小黄狗警惕地望着我们这两位在雨中仍然"咔嚓"不止的不速之客。老人住的屋子是两间连通的房子,可睡四五个人的顺山大炕占了一半的空间,整个室内几乎没看到现代化的痕迹,但是屋里的干净整洁仍然令我叹服。

走出老人居住的大院,正碰到了上岛来看望她的儿子。其子当年61岁,前些年养车跑外地，内蒙古的鄂尔多斯市和包头市他都很熟悉，养车当然也就不能在岛上住了。他出生在娘娘滩，而且他知道他们李家上五代人都生活在这里。

沿着村中的小路继续寻访，院墙上的一张"河曲县精准脱贫明白卡"引领我们走近了一对80多岁的老人。红色的明白卡让我明白了不少，娘娘滩属楼子营镇管辖，户主叫李顺奇，贫困原因是无劳力，包扶单位是县委办。院子很大，屋子也不小，上午10点多了，男主人还在铺着油布的大炕上睡回笼觉，旁边还躺着一只猫。女主人正在用抹布擦红躺柜。我们的到来，惊醒了老大爷和他的猫。阅春为老人递烟点火，他们谈了些什么我一点儿也没记得。此刻我除了按快门，满脑子想的都是，这些老人们在娘娘滩生活了一辈又一辈，假如有来生，他们还会选择娘娘滩吗？

李顺奇和老伴（2017年10月）

### 三上娘娘滩

二上娘娘滩之后，我在我的微信公众号中发出了《雨中寻访娘娘滩》，这篇图文诱惑了不少人，妻子就是其中之一，多次念叨着想去娘娘滩看一看，于是便有了2019年五一期间三上娘娘滩的自驾游。

正值五一小长假,上岛的游客们三五成群,络绎不绝。娘娘滩旅游快艇开辟了不少线路,其中包括环娘娘滩和太子滩游、西口古渡游、龙口大桥游等。有几个年轻的小家庭是从北岸的准格尔旗龙口镇相约上岛玩的,往返都是游艇接送。

环顾小岛,娘娘滩景色依旧,然而,我两年前采访过的几位老人是否依然安好呢?

凭着记忆寻找,在两年前老大娘雨中拆豆角架的地方,我又看到了那个熟悉的身影,她正在清扫菜园地上的树叶和枯草。我和大娘打过招呼后,她看到我在不停地拍照,满脸歉意地说:"我今天的衣裳太脏了,本想做完这些灰土营生再换洗,哎……"

大娘的菜园紧挨着院子,但大门和家门都紧锁着,大门除了上锁,外面还用绳套加一个长长的木棍横别着。她的裤带上吊着一大串钥匙,开门时不往下

拆豆角架的老人与她的猫(2019年5月)

解钥匙串，而是稍显吃力地踮起双脚来将钥匙插进锁孔。

两年过去了，院子里依然干净整洁，小黄狗依然忠于职守，大炕上依然整洁有序，只是没看见炕上那只白花猫。大娘说，它叫小花，到外面玩去了。大红躺柜上的台历准确显示着当天的时间：2019年5月3日，旁边还摆放着一些罐头之类的食品，几个相框中的照片无声地向我们讲述着这个大家庭的故事。今年85岁的大娘已经有了第五代——玄孙，她有两个儿子，大儿子以前在河曲县教育局当会计，早已退休。二儿子李二老命以前养车外出，我二上娘娘滩时曾经偶遇并采访过他。（在这次告别娘娘滩的摆渡码头上，我又见到了李二老命）临近分别，大娘似有不舍地告诉我，她明年就要搬家了，岁数大了，住在这儿娃娃们不放心。我笑着说："我认识你儿子李二老命，只要我来娘娘滩，我就还能找到你。"

凭着记忆寻找，那块红色的河曲县精准脱贫明白卡再次成了我的指路牌，仔细一看，卡上的内容有变化，户主还是李顺奇，家庭人口还是2人，帮扶措施栏里填上了"政策兜底"，脱贫年度栏由原来的空白变成了"2017年"。

脱了贫的李顺奇和老伴（2019年5月）

走进大院，脱了贫的李顺奇坐在房檐下，手中端着一个搪瓷大碗正在吃东西，我走近问他吃的什么，李大爷把搪瓷碗递过来非要让我尝尝，原来是鲜拌苦菜，上面还漂着些油花儿。不过，我没顾上品尝，因为我怕耽误交谈和拍照。李大爷今年87岁，81岁的老伴17岁就嫁到了娘娘滩，60多年的相守相伴，至今看上去仍然初心不改。一会儿老伴又给李大爷送过来一块馅饼，说是中午老汉不想吃饭，没吃好。李大爷家的猫前不久养下两只小猫，挺可爱的，老伴正和我们一起看小猫，那边的李大爷喊开了："再来一点儿醋！"老伴急忙应声而去。李大爷和老伴有两个儿子，前些年都搬到岛外住了，这些天都在码头上摆渡来岛的游客，老伴每天还得步行到码头上为两个儿子去送饭。

三上娘娘滩，重访了两年前采访过的、现在依然安好的3位老人，我觉得已经不虚此行了。有人告诉我，娘娘滩上还有两位留守者，他们是李顺奇的弟弟李二顺老两口。

李二顺今年85岁，妻子78岁，子女们离开娘娘滩已经很多年了。他们的院子也很大，李二顺的妻子正在树下拣摘蒲公英。李二顺这几天也去摆渡码头了，每位上岛的客人交20元钱，其中也包括了门票。搬船者每搬一趟挣10元钱，剩下的钱在场的娘娘滩人个个有份，据说，五一这几天，每人每天能分到300多块钱。在离开娘娘滩的摆渡码头上，我找到了坐在水泥台阶上的李二顺，听说我们刚去过他家，他很热情地邀请我们再回岛上，说他们家里很宽敞，住得下我们俩。

娘娘滩很小，方圆只有0.4平方千米，半小时就可绕岛一周。然而，她在我的心中却占了很大的空间。为了一览娘娘滩的全貌，离开河曲县前，我们又登上了黄河南岸山梁上的明长城，放眼望去，略显碧绿的黄河水从这里静静地流向远方，母亲河的怀抱中便是绿树掩映着的娘娘滩。"咔嚓"声中，一幅娘娘滩全景图被我定格在了相机中。

（2019年5月）

# 兰州的羊皮筏子

兰州是个很有意思的地方,它是黄河唯一穿城而过的省会城市,十几座黄河大桥把两山之间窄小的平地串连在了一起,就成了兰州城区。站在兰山公园的三台阁上,整座城市尽收眼底。不过你切不可小瞧这里,这里的中山桥建于1907年,号称"黄河第一桥";这里的牛肉拉面早已走出兰州,走向全国;这里出版的《读者》已累计发行21亿册,成了全国人民的心灵读本;就连这里漂流着的羊皮筏子,也会令你眼界大开。

兰州黄河段上的羊皮筏

《宋史·王延德传》中记载,"以羊皮为囊,吹气实之浮于水",说的就是羊皮筏子(类似的还有牛皮筏子)。它是古代劳动人民智慧的结晶。制作皮筏首先要选择健壮的羊(牛),以保证畜皮结实耐用。其次是在屠宰时,去掉头蹄后,整个皮张要剥成一个"皮浑桶子"。然后经过沤制去毛,在"皮浑桶子"的四肢和脖项处涂抹植物油使之变得柔软,用细皮绳把几个口子扎住,留一小孔吹足气后扎紧,皮囊就做成了。最后再将若干个皮囊均匀地捆绑在木栅条上,皮筏就能下水了。筏子有大有小,资料介绍,最大的羊皮筏子用600多只羊皮袋扎成,长20多米,宽六七米,载重可达二三十吨,昼行夜宿,据说从兰州顺流而下,十一二天即可到达包头。小皮筏则由十几只羊皮袋组成,多用于短途人货运输。

观看羊皮筏的游人

中国新闻人的前辈范长江先生,在他的《中国的西北角》中,曾不吝笔墨地记述了20世纪30年代他乘坐牛皮筏和羊皮筏的过程:

记者以四月二十四日离兰州,搭牛皮筏,渡黄河以赴宁夏。西北水上交通,皮筏较木船更为普遍。

…………

记者所乘之皮筏,乃由一百二十个牛皮袋组成,平稳宽舒,坐卧读书,皆甚相宜。筏上共有水手六人,分掌前后各三桨。水手名把式中有一人为首领,名为拿事……首领必须久走黄河，深习水性，而且为机警果断之人，始能胜任。

…………

春末夏初，正是兰州梨花开放的时节，黄河南岸自兰州城起一二十里之遥，仍可以望见成林的初放梨花，绿中吐白，河上清风，时常带来岸上花香，顿时感觉一种恬静清逸的安舒。

…………

黄河的大峡谷，正同长江三峡一样……最险处为"焦牛把子"，河水直冲一石崖尖上，皮筏必须对石崖放去，同时又须于未接触之刹那，转筏下流，生死存亡之际，其间不能容发。筏上水手与搭客至此皆屏息肃静，以待命运之降临！筏上首领则站立筏上高处，全力注视水纹，一面发出各种非内行不易听懂之命令，指挥前后之水手，同时不断有"扶达"！"扶达"！……之祷告声，因回族人称天为"扶达"，扶达当阿拉伯语，在此危急之时，只好于竭尽心力之外，再求天之保佑也。

…………

告别了青铜峡的羊圈，十三日我们从峡里坐小羊皮筏顺流而下。五六尺长方这样小面积的羊皮筏，和一百二十个牛皮大筏子，滋味全然不同。我们的小羊皮筏轻而且快，可没有搁浅的危险，只是不能搭帐篷，正午时候，阳光直射，无法躲避。

…………

今天，羊皮筏子作为黄河上的摆渡工具早已成为历史，但在兰州（听说宁夏也有）黄河母亲雕塑至中山桥一带仍能看到其身影。一些老筏工们重操旧业，在黄河边上经营起了羊皮筏子漂流娱乐项目。据说筏工的后代们大都不愿继承父辈的衣钵，做了其他行当，即使做水路生意的也都开起了汽垫船和游轮。

值得一提的是，2006年，兰州羊皮筏子已被甘肃省正式确定为本省第一批

羊皮筏上勇敢的游人

汽垫船上的游人和羊皮筏

非物质文化遗产名录，并正在积极申报国家级非物质文化遗产。

　　我在兰州看到的羊皮筏子，和范长江先生当年坐过的小羊皮筏大小差不多，一般都是由十二三个"羊皮浑桶子"组成的，能坐四五个人。那一刻我真想坐着羊皮筏在黄河上漂流一下，无奈天生胆小，最终还是放弃了。

　　黄河畔上，支着不少羊皮筏子正在控水晾晒，游人们像观看出土文物一样，他们看得认真仔细，还多角度地拍照。我盼望游人中有人乘坐，我好近距离地拍些照片，但等了一二十分钟，还是无人问津，我只好遗憾地离开了。

就在我沿着黄河边的木栈道信步前行的时候，突然发现一个羊皮筏子正顺流而下，筏子上坐着3个人，最前面的人是筏工，手中拿着一把小桨，后面坐着两位女士。我赶紧对准她们抓拍了几张，"咔嚓"声中，羊皮筏子已经漂出了我的取景框，此刻我从心中佩服这两位勇敢的女士。

刚刚拍完顺流而下的羊皮筏，河面上一艘小汽垫船开足马力逆流而上，又被我拍了个不亦乐乎。汽垫船上坐着四五个人，船头上还架着一个羊皮筏子。原来羊皮筏子顺流漂到目的地后，筏工就会开上汽垫船，再把游客和羊皮筏子拉回到漂流的起点。如此循环往复，古老与现代在母亲河上相伴共存……

（2021年9月）

# 看电影

9月中旬的一个周末，达拉特旗文联组织所属协会会员看了一场电影。《海的尽头是草原》是以1959年至1961年上海"三千孤儿入内蒙"的历史事件为背景，讲述了草原牧民用人间大爱托起新生的动人故事，彰显了中华各族人民同甘共苦的民族精神和守望相助的家国情怀。

电影结束了，而与看电影有关的一些场景却一幕幕地回放在我记忆的银幕上……

## 场景一

第一次看电影是1960年或1961年，地点是在北京的房山县。当时我的二舅在北京69中当教师，学校设在房山的河北镇，五六岁的我跟着母亲住在二舅家。那天晚上看的是露天电影，电影的内容完全没有印象，只记得一束光照在一块大白布上，白布上的人跑来跑去。

## 场景二

还是在房山。一天晚饭后，二舅带着我们来到了他们学校，一个教室里已经坐了不少人，讲台前的一个柜子上面的两扇门大开着，几根小核桃粗细的黑电线通进了柜子，柜子上方玻璃壳子里的人有说有笑。说的什么？我还是完全没有印象，只记得那一次看的是"小电影"，后来知道了，其实是看了一次电视。

那应该是一个秋天，回二舅家的路上，一轮明月挂在天上，我一边走一边仰望着那轮皎洁的月亮，感觉心情特别舒畅。多少年后，有一首歌的歌词仿佛是为儿时的我写的：月亮走，我也走……

### 场景三

上小学前，我和母亲回到了故乡。那些年故乡及其周边的村子都未通电，一年也看不了几场电影。因此哪个村一旦有了电影队要来的消息，人们就会像过节一样，奔走相告，呼朋唤友，三乡五里的邻村人也都会赶过去。

离我们最近的一个村子叫曹家寨，当时人们说是二里地，前几年我开车估算过，四里地也不止。十来岁时我在那里看过不少电影，现在能想起来的有《钢铁战士》《战火中青春》《地道战》《南征北战》《打击侵略者》等。

去曹家寨看电影的过程很多已经淡忘，其中的一次经历却令我至今难忘。那也是一个秋天，我跟着二哥去看电影，二哥比我大8岁，父亲和大哥都在外教书，18岁的二哥俨然成了我的家长。那天晚上电影散场回村途中，突然乌云密布，狂风大作，俗话说："风是雨的头。"二哥拉起我的手跑了起来，他嫌我跑得慢，一边跑还一边训斥我。我也想跑快，但腿脚不争气，眼看着人们都跑远了，我们落在了最后边。二哥急了，把我背起来就跑，跑进家门不大一会儿，瓢泼大雨就下起来了。

### 场景四

20世纪70年代初，达拉特旗政府楼的西面有个大礼堂，除了旗里开大会，它同时又是一个电影院。记得当年一张票应该是一两毛钱，但没挣工资前买票看电影是件很奢侈的事情。好在我们的住处离电影院大概只有三四百米远，于是便有了蹭着看电影的经历。

那时候，一场电影放映差不多过半后，场外人也不多时，影院的把门人先是有选择地放进去一些人,再过一会儿,就把门彻底打开了,我大概能看二三十分钟电影,至少每次的大结局是看上了。

把门人中有一个姓张的大爷,听说是一位老革命。他瘦高的个子,略显佝偻,牙齿掉了不少,嗓门却挺大,口中经常叼着一个牛角做的大烟斗,对一些不遵守规则的观众训斥也很厉害。一些顽皮小子为了早点进去,当面讨好他,

达拉特旗政府礼堂兼电影院,建于20世纪60年代,2010年拆除

一口一个张大爷,一旦达不到目的,转身就吼开了"张没牙"。张大爷大概认为我比较老实,好多次都把我提前放进了影院。

### 场景五

1972年的冬天,我有幸成为达拉特旗商业系统的一员,被分配到各公司前,商业局为我们29名新职工办了一周的培训班,培训的内容大都不记得了,

但组织我们去包头市看电影的过程仍然记忆犹新。

那天，我们坐的（其实是站的）是一辆解放牌高马槽大卡车，加上局机关的干部，大概有40多人，大冬天坐敞棚车，人们穿的都很厚实，把一辆大卡车塞了个严严实实。记的有位局里的干部是最后上的车，论年龄我应当称叔叔。他身体偏胖，穿一件狐皮领子黑布面过膝皮大衣，人上车了，大半个身子却悬在上面，车走开摇晃了一会儿，他的脚才踏在了车厢底板上。

电影是在包头工人文化官看的，是朝鲜故事片《卖花姑娘》，好像是他们解放前的故事，卖花姑娘的悲惨遭遇令人们痛哭流涕。走出电影院了，还有不少人在擦泪。

从第一次看电影至今已满一个花甲。

仔细想来，其实人生恰似一部电影。只是小时候的我们只能当演员，编剧和导演是父母等长辈们的事情。长大后，父母让位了，编、导、演都成了我们自己，这时才知道要演好人生这部电影并不容易。

（2022 年 9 月）

# 骡驮轿

杏花盛开时节，我参加了一次摄影家走进准格尔的采风活动，其间实地观看了一回传统的骡驮轿娶媳妇的过程。

我们过去印象中的轿子都是人抬的，抬轿的人被称为轿夫。记得有这样一句话，"你就是八抬大轿来了，我也不去"，可见态度之坚决。八抬大轿是八个轿夫同时抬轿，那时候大概是轿中的最高规格了。而骡驮轿则是骡子驮轿，是用两头骡子一前一后驮着的轿子。

骡驮轿

有关骡驮轿的起源有一个民间传说，说是有一户农家的儿子到了婚配年龄，与住在很远的一位姑娘情投意合，双方选定了完婚的吉日。这天新郎家按照传统风俗一大早抬着花轿到女方家娶亲，由于路途遥远，花轿到达女方家时已是半前晌了，如果由人抬轿，恐怕会误了中午拜堂的时辰。女方父母觉得骡子既能节省时间,又能显示自家不俗的身份,就从自家畜棚里拉出两头骡子,将花轿架在中间,捆绑装饰了一番。改造后的花轿不仅赶上了时间,还为娶亲的队伍增添了色彩,受到两地乡亲们的交口称赞。从此,骡驮轿成为当地婚俗的一种固定模式流传下来,出嫁女也将坐一回骡驮轿看作是一生的荣耀。

资料介绍,骡驮轿最早是山西省朔州市平鲁区传统民间婚俗中的一种迎娶工具。黄土高原上沟壑纵横,山道弯弯,在那些弯弯曲曲的羊肠小道上,大小车辆都无法通行,骡驮轿应运而生。据说,骡驮轿后来流传到了与内蒙古一河之隔的忻州市偏关县,再后来又跨过了黄河,来到了内蒙古清水河县、准格尔旗等地。2006年,骡驮轿由山西省朔州市平鲁区申报并获批为中国民间文化遗产。

不知道现实生活中还有没有用骡驮轿娶亲的,我想,即便有也是凤毛麟角,少之又少的。不过前几年的一个五一期间,我在米脂县城确实碰到过人力抬花轿娶媳妇的盛大场面,仔细一数,竟然有16个轿夫,清一色的白羊肚手巾,清一色的服装,整齐划一的动作,感觉像是在表演。但花轿上面坐着的是真新娘,花轿后面跟着长长的轿车队伍,古老与现代在这里兼容。再仔细一想,它们其实都没离开"轿"字,轿车下面不过是多了4个轮子,用发动机代替了人力。因为是第一次拍摄花轿娶媳妇,我一路小跑,边跑边拍,累的满头大

汗，估计在大街上抬轿的轿夫们也不过如此。

  这次拍骡驮轿的地方是在准格尔旗的古村崔家寨，2014年崔家寨被评为"中国传统村落"，现在这里成了准格尔黄河大峡谷景区的核心地段。骡驮轿走进了古村寨，似乎还挺般配，虽然是景区的一个表演项目，但仍然比较真实地再现了晋蒙两地当年骡驮轿娶媳妇的婚俗风情。

（2023 年 4 月）

# 岁月留痕

## 我与书的故事

### 我的第一本书

这个题目让我打开了一扇尘封多年的记忆之门……

大约是1960年或1961年之间,当时6岁左右的我和母亲一起常住在二舅家中。二舅在北京市第69中学教书,学校设在房山县一个叫河南的地方。其间,我的姨父从辽宁省旅大市(现叫大连市)来京看望我们。长大后得知姨父当时在部队当排长,但在我当年仰视的目光中,他俨然是一位英俊威武的大军官。

姨父带着我和二舅的两个儿子(表哥大我一岁,表弟小我一岁)来到附近的百货商店,给我们表兄弟3人每人买了两件东西,一顶儿童海军帽和一本《看图识字》。

《看图识字》和过去的小人书大小差不多,大约属于64开本。书虽小却成了我的启蒙读本,人、口、手、上、中、下、大、小、多、少等文字就是那时候从这本小书上认识的。后来这本小书又伴随着我和母亲回到了老家,尽管上学后不再靠它认字了,但它仍然清晰地留在了我童年的记忆之中。

半个多世纪过去了,当年买书的人早就离我们而去,《看图识字》也没能保存下来,但是姨父的音容笑貌和有关的故事,至今仍清晰地留在我的记忆中。

### 第一本令我落泪的书

在我的记忆中,《苦牛》是第一本令我落泪的书。当时我并不知道这是小

> # 苦 牛
>
> ### 开 头 的 话
>
> **我**是在北方偏僻的山区长大的。那儿的山可高可大啦！大城市里的楼房高吧？要是放在山区的大山上，也就像长在人身上的一根汗毛。可是在旧社会，山区哪儿有楼房呀？这么一座老大老高的山，只在山半腰上，有我们家一间石头房子。这间小石头房子，是爷爷领着爸爸从山东逃荒到这儿，饿着肚皮搭起来的。搭成房子，又开出几片巴掌大的"挂画"地。一年忙到头，打下的粮食，除了爷俩填饱肚子，还能供养爷爷为爸
>
> · 1 ·

小说《苦牛》

说，我觉得苦牛就是一个苦得不能再苦的活生生的人。

其实《苦牛》还不是一本书，是《儿童文学》上的一篇小说。大约是我上小学三四年级时的一个秋假，当教师的大哥给我拿回了这本书，书上的其他内容一点都不记得了，唯独对《苦牛》的印象至今还很清晰。

《苦牛》讲的是中华人民共和国成立前北方山区一家贫苦农民的故事，苦牛是他们家的儿子，苦牛长得喜人，人见人爱，过百岁时妈妈说："落到咱穷人家，只当是添了一条受苦的小牛罢了。"爸爸说："我看就叫苦牛吧！"苦牛的命确实苦，生下他不久妈妈得了痨症，没钱也舍不得看病。妈妈死时苦牛才3岁，当长工的爸爸要把他送人，11岁的姐姐好说歹说，终于把苦牛留了下来，父子三人相依为命。

山区狼多，为了防狼爸爸给苦牛养了一只小狗。小狗给他们穷苦的生活带来了少有的乐趣，他们给小狗起名小黑。转眼之间小黑长成了大黑，一天苦牛领着大黑出去玩，碰到了地主的儿子（绰号瘦鬼）骑着毛驴玩，瘦鬼看上了大黑，要用毛驴和苦牛换着玩，两个小子各说各的好，谁也不服气就提出了比

赛，谁输了就把牵着的东西给对方，结果瘦鬼骑着毛驴被骑着大黑的苦牛超了过去，瘦鬼摔下毛驴头上还起了个大包。苦牛赢了，但他没能赢得毛驴，却赢来了灾难。

地主逼苦牛的姐姐一边服侍受了伤的儿子一边加工粮食，连续几天不让回家，苦牛去碾房找姐姐，瘦鬼为了报仇，把苦牛推倒在碾盘边了，受惊的骡子拉着千斤重的碾子压在了苦牛的手上，苦牛因失血过多离开了人世。在苦牛的坟头上，大黑不吃不喝，一连几天一动不动，后来人们发现大黑的身体已经僵硬，脖子上还被人用铁丝紧紧地勒着。然而事情还没完，年三十晚上地主的管家又上门了，他说因为苦牛去碾房把骡子给弄丢了，要么赔钱，要么让苦牛姐姐抵债，明天是最后期限。苦牛爸爸气不过去，黎明时一把火烧了地主的粮仓，领着姐姐朝着太阳升起的地方走去。

现在看来，这是一篇20世纪60年代初特定时期的作品，但当时第一次接触文学作品的我还是被深深打动了，真正到了废寝忘食的地步，一边看一边抹眼泪，中间母亲几次叫我做点营生我都无动于衷。到跟前一看我还在擦泪，母亲挺纳闷，也就不再催了，只好自己动手。

过了不惑之年，我曾试图找到这本《儿童文学》或者是刊登《苦牛》的其他书，但都没有结果。大约是在2003年，我在市电视台开会期间，抽空去了趟新华书店，在一大堆打折书中，我翻到一个久违了的名字——《胡景芳作品选》。胡景芳，不就是《苦牛》的作者吗？赶紧看看，果不其然，头一篇就是《苦牛》，真是踏破铁鞋无觅处，得来全不费工夫！少年时第一篇令我落泪的小说又回到了我的手中。

## 五分钱的一本书

在我的书柜中有一本五分钱买的书，它既没有打折也不是从旧书摊淘回来的，而是从达拉特旗新华书店按定价买的，这应该是我手上买过的、以后也不会再有的最便宜的书了。

书是1971年人民出版社出版的，64开本，正文38页，两个订书钉订住对折就成了一本书。虽然钱少书小，装帧简单，在我的读书生涯中却留下了很深的印象。

小书上有着鲜明的时代印记——扉页上两条毛主席语录赫然在目。书名叫《吉鸿昌就义前后》，作者是吉鸿昌的夫人吉胡洪霞。说了半天，这本五分钱的书到底给我留下了哪些深刻印象呢？

一、五分钱让我记住了一个难忘的开头："时光过得好快啊，一晃二十多年过去了。可是鸿昌的音容笑貌，鸿昌就义时的壮烈行为，在我心里一直是那么鲜明。"

二、五分钱让我知道了吉鸿昌亲历的一个惊险故事。吉鸿昌因为坚持反蒋抗日，被蒋介石通辑，因此他的很多活动便改在了麻将桌上，并经常转移场地。这一天特务经过多日跟踪，知道了他们的活动地点，并派一个知道吉鸿昌像貌的人现场确定他的座位。当时吉鸿昌因为坐的离暖气近，就脱了棉袍，只

《吉鸿昌就义前后》

穿一件小白褂。杀手得到了这个信息，马上赶往现场实施暗杀。凑巧的是四圈牌后，吉鸿昌的座位调到了原来的对面，离暖气远了就穿上了棉袍。而原来坐在暖气对面的王化南换到了吉鸿昌先前的位置，因为离暖气近了就脱了棉衣，恰巧里面穿的也是一件小白褂。结果是王化南被一枪毙命，吉鸿昌这一次幸免于难。

三、五分钱让我记住一首诗，这也是最重要的收获。"恨不抗日死，留作今日羞。国破尚如此，我何惜此头。"这首诗是吉鸿昌赴刑场途中，用一根小树枝写在土地上，现场有人记下来的。短短20个字，吉鸿昌烈士热爱祖国、坚定抗日、视死如归的英雄形象巍然耸立。

## 做梦在书店上班

小时候看过的《十万个为什么》，有一个问题是"人为什么会做梦？"到现在问题记住了，答案没记住。人的一生能做多少个梦，大概也是一个难以回答的问题。梦境有真实的，有荒诞的；有哭的，也有笑的；有害怕发生的，有盼望实现的；2008年北京奥运会有一个口号是"同一个世界，同一个梦想"，人们经常听到的一句祝福语是"好梦成真"，从不同的角度反映了人们追求幸福生活的良好愿望。

在我看来，做梦是一件很难解释清楚的事情，有的梦醒来时就忘了，有的梦却能记很多年。参加工作前，我曾做过一个梦，梦见自己在新华书店上班，我的任务是开一个小票，读者照票去交款，工作很轻松，特别是看到周围到处是书，一有空闲就能看书，心情格外高兴。梦醒了，我又回到了现实之中。

我分析了这个梦，这大概就是人们常说的，日有所思，夜有所梦。我在校读书只上到七年制初中毕业，上高中也是在梦境中"实现"的，但我从第一本《看图说话》开始就特别喜欢书，后来又受到爱读书写作的哥哥的影响，囫囵吞枣地读了不少书，与书有了不解的缘分，尽管那时候我还不知道"书中自有黄金屋，书中自有颜如玉"的说法。

书读得多了才发现自己原有的知识太少了，于是，我有了一个至今仍未改变的习惯，外出活动不论是北京、上海等大都市，还是穷乡僻壤只要有书店（或代销图书），都是我千方百计去光顾的地方。然而，参加工作前买书毕竟只能零打碎敲，小打小闹，不可能满足自己的欲望，这时候，"假如我是书店的一名员工"的想法便应运而生，梦中在书店上班也就顺理成章了。

40多年过去了，我没有梦想成真到书店上班，最终从事了我所热爱的新闻事业，但是，爱书、读书的习惯将会伴随我的终生。

**一本书决定了儿子的高考志愿**

一本书有时候微不足道，有时候却能决定一个人的前途。

我曾遇到了这样一本书，成了当年帮助儿子填报高考志愿的决定性因素，它就是《求学》杂志2002年7-8期合刊。

儿子是1982年出生的独生子，上初中后由于兴趣较为广泛，学习成绩在我看来不算理想，高二分科时学了文科。他能写会画，学校出墙报少不了他；唱歌弹吉他，他也都有模有样；一米八几的身高，篮球打得也相当棒。初中时的校长和老师都曾夸过他是一个全面发展的学生。

但是，作为家长，我深知，这一切对于高考来说都是起不了太大作用的，要想上一所理想的学校，必须结合自己的特长选择好合适的学校和专业，在我看来，合适的就是最好的。胡适先生曾告诫考生，选择志愿时要坚持性之所近、力之所能原则，我想大概也是这个意思。

基于这一思路，儿子一上高三，我就开始关注报考志愿这个全新的领域，阅读涉猎了不少相关的书。

一天，在邮政局的报刊零售处，《求学》杂志中的一篇文章深深吸引了我，于是我买下了这本杂志。文章的标题是"用洒脱抒写激情"——体育新闻专业介绍。我是搞新闻的，在电视台任副总编辑，当时已经取得了副高职称（主任编辑），也看过不少体育新闻，但是大学里设有体育新闻专业我还是头

《用洒脱抒写激情——体育新闻专业介绍》一文截图

一回听说。

文章的开头相当精彩，它说："如果你曾经为霍尔金娜白色的腾跃而陶醉，为辛吉斯绿色的激情而欢呼，为巴乔蓝色的忧郁而心碎；如果你还追求着记者的那份洒脱，欣赏着记者那份不失风度的桀傲……那么，为什么不试试体育新闻专业呢？"

我对上述体育明星知道的不多，但文章中精彩的语言、全新的专业还是令我为之一振。

文章说："体育新闻作为一门新兴专业在高校里出现的时间并不长。体育新闻，顾名思义，一定包括了体育性和新闻性两大特点。"看到这里，我感觉这就是为我儿子量身打造的一个专业。

文章的结尾也颇具诱惑："有人说，做记者可以走笔世界；钟情体育则可以让自己的生活充满激情和浪漫。那么，最好的选择不是体育新闻专业吗？"

看到这里我已经兴奋起来了，然而文章之后黑体字的提醒又使我冷静了许多。它说此前全国开设体育新闻专业的只有4所院校，北京体育大学、上海体育学院、武汉体育学院和成都体育学院。我在心里打起了鼓，这些院校在内蒙古有招生计划吗？

我把这篇文章推荐给了妻子和儿子，他们也认同我的想法，但同样的问题也提出来了：在内蒙古招生吗？

　　时间过得飞快，似乎转眼之间，儿子从学校拿回了当年的《招生专刊》。我一目十行，快速浏览，突然眼前一亮，目光锁定在了西安体育学院上，他们今年首次开设体育新闻专业，在内蒙古计划招生2个人。兴奋之余，便是不安。全内蒙古只招2个人，能行吗？敢报吗？

　　此时此刻，需要的是冷静的态度、客观的分析和准确的判断。在家庭会议上，我提出了我的意见。首先，以我的知识和涉猎面来说，自认为还算过得去，但还是新近才知道了体育新闻专业，因此我判断，知道这个专业的人不会太多。其次，成绩特别好的考生一般不会选这类专业。一般人认为体育学院就是搞体育的。最后，西安体育学院的体育新闻专业属于二本，以儿子的成绩（估分508）在二本院校中有一定优势。综合分析后，稳妥起见，我提出了2条建议：一是第一志愿报体育新闻。二是再报一个区内二本专业，作为保底院校。儿子听从了我的建议。

　　从填报志愿到正式录取，又是一段折磨人的等待。

　　录取结果终于从电话中查出来了，儿子以513分的成绩被西安体育学院体育新闻专业录取。事后了解到，同时被录取的内蒙古的另一个考生是包头九中的学生，现在北京电视台工作，是儿子在京的好朋友。

　　一颗悬着的心终于落地了。当我把儿子送到西安体育学院，并在校门口合影留念的时候，我在心中默默地感谢《求学》杂志，感谢那篇文章的作者。

　　2006年儿子大学毕业后，考进了北京广播电视台。几年前，我亲戚家的女儿高考前需要一部分选报志愿的参考资料，其中也包括那本《求学》杂志。我给她讲了这本书的故事后，把那篇介绍体育新闻专业的文章小心翼翼地剪了下来，和房产证、职称证书、户口簿等放在了一起。此刻，我写这篇文章时，它又静静地摆在了我的案头。

（《长河》第25期　2011年7月）

## 我的摄影缘

1972年11月22日,我被分配到了达拉特旗国营照相馆,当了一名学徒工。5天后的11月27日,单位为欢迎我们3位新同事,拍下了这幅写着"革命友谊"的集体合影。

1972年,达拉特旗照相馆欢迎新同事的合影,后排右起为笔者

40年后的今天再看这幅老照片,别有一番滋味在心头——当年的照相馆已经变成了红日家电城,照片中的人也大都各奔东西,其中,坐在前排的8位已有6位永远地离开了我们。此时此刻,我想到了8个字:人生有限,岁月无情。

40年中,我的工作有过几次调动,与摄影时近时远,但从未放下过手中的相机,是达拉特旗照相馆让我与摄影结下了不解之缘。我曾自我调侃:"40年前学照相,40年后习数码,半辈子干了一件事。"时至今日,我仍然享受着摄影带给我的快乐……

### 作品挂在百姓家

初到照相馆时我18岁,每月工资18元,主要工作是"裁配",就是把暗室师傅们印放出来的照片,经过反复水洗后,贴在上光板上烘干后裁边,然后对照底片装入各自的相袋中,最后再按相袋上的要求,分送到修整、着色等各个工序。裁配是照相馆学徒的第一步,技术含量低,几天后就能独立完成工作任务。但它也是个细活,例如水洗必须充分、干净,否则,当时看不出来,但时间一长有的照片就泛黄了,这便是当初照片中残留的化学药品返潮所致。

1980年,笔者下乡的工作照

20世纪70年代,达拉特旗20多个乡镇只有一家照相馆,下乡照相服务便是照相馆当年的一项主要任务。通常每年集中下乡两次,一次是学生毕业之前,另一次是秋季各个乡镇举办农村物资交流会期间。那个时期,我是照相馆中最年轻的小伙子,因此下乡最多,十几年当中,我走遍了全旗所有的乡镇和大部分村社。下乡途中,交通工具五花八门,搭过拉炭的拖拉机,也坐过农民赶的毛驴车。开头几年是我跟着师傅们走,后来便是我领着人下乡。年轻加上勤快,顾客和同事们对我很信任,1981年上级公司任命我为照相馆的负责人。

在照相馆工作的十几年中,我究竟为多少人照过多少照片,谁也说不清楚。一个能说清楚的现象是，当年从达拉特旗的城镇到农村，随便走进一个家庭，在墙上的相框中，大都能看到我拍过的照片和我在照片上写下的题款。

当年照片上题词的内容很有意思，多数属于写实性的，例如，××班毕业留念、××周岁、欢送×××等；有的也加上了那个时代特有的政治色彩，例如，"革命友谊""广阔天地练红心"等；有的题词很有诗意，我印象最深的一个词是"献给未来的回忆"，不知道是谁第一个使用的这个题词，我感觉用在照片上相当贴切，我们所拍的大多数照片不都是献给未来的回忆吗？此刻，我忽然想到1987年中央电视台为庆祝建军60周年而摄制的12集电视纪录片，片名就叫《让历史告诉未来》。

1984年7月，我被调到照相馆的上一级单位——达拉特旗饮食服务公司担任公司副经理。从18岁到30岁，我的青春岁月是在照相馆度过的，我的成长之路也是从照相馆起步的。

1985年，时任达拉特旗饮服公司副经理的笔者（前左三）与照相馆职工合影

## 见缝插针拍照片

1986年10月，我放弃了当了两年多的公司副经理的职务和提任正经理的允诺，走进了达拉特旗电视台的大门，当了一名电视记者，一切从头做起。

好在我有在照相馆工作时打下的摄影基础，时间不长便能独立完成采访任务。面对电视记者得天独厚的采访都条件，我决定每次采访都尽可能把照相机带上，一边拍电视新闻，一边见缝插针拍些新闻照片。这样一来，我在当电视记者的10年时间中，除圆满完成本台电视新闻的采编任务，还在《鄂尔多斯报》和《内蒙古日报》等报刊上发表了200多幅新闻摄影作品。其中摄影作品《布赫主席谈农业》发表在1990年内蒙古自治区《现代农业》杂志第3期封面上。摄影作品《两个老顾问，一对实干家》获1992年《鄂尔多斯报》摄影大赛

1990年夏，笔者工作照

二等奖。

我是从摄影起步的，在多年的工作实践中，努力妥善处理好本职工作与摄影的关系，使两者之间互相促进，相得益彰。在日常工作中，我的摄影知识为拍摄和指导电视新闻、电视专题片制作奠定了一定的基础；反过来新闻和文学知识的积累又为我的摄影创作活动拓宽了思路、丰富了内涵。

## 退居二线摄影忙

2006年，我从达拉特旗电视台副总编辑的岗位上退居二线，2008年下半年后不再承担台里的具体工作任务。从此，便开始了我曾经设想过的、当时感觉很奢侈的一个目标——自己开车、想拍什么就拍什么的摄影创作活动。

2010年国庆节前夕，儿子为我买回了第一台佳能5D2数码相机。数码相机

的便捷直观令我耳目一新，但也让我这个老摄影遇到了不少新问题，使我不得不从头学习数码摄影知识。

几年中，我背着长枪短炮似的照相机，跋山涉水，顶风冒雪。在历尽艰辛的跋涉中，在"咔嚓、咔嚓"的快门声中，定格了一个个难得的瞬间，留下了一幅幅珍贵的画面。有一条微博是这样描述摄影人的："摄影拍的是影像，表达的是心境；体验的是过程，陶冶的是情操；付出的是辛苦，收获的是快乐。"我有同感，故收录于此。

2011年年初，我受邀担任了达拉特旗摄影家协会主席。在旗文联的领导和支持下，几年来，全旗已举办各类摄影展览和比赛8次，展出会员作品400多幅，改变了多年来达拉特旗无摄影展览的局面。与此同时，摄协在旗文联主办的《长河》刊物上开辟了摄影园地，发表会员作品150多幅。2011年，鄂尔多斯市委、市政府组织编印的大型摄影画册《鄂尔多斯10年》和同名大型展览中，达拉特旗破天荒地入选了摄影作品9幅（其中笔者作品6幅），填补了以往达拉特旗这个人口大旗、文化大旗在全市摄影活动中无作品可选的空白。2012年，我和6名影友的作品分别入选了内蒙古第21届摄影艺术展和第九届全国摄影艺术节作品展。

2013年4月，摄协协办在达拉特旗电视台开设的《图说达拉特》新栏目，为会员作品增加了一个新的展示平台。

任摄协主席的这些年，也是我摄影创作的高产期。在自治区、市、旗举办的各类摄影大赛中，获了一些奖。其中，摄影作品《大漠奔驼》于2012年12月获得第十届鄂尔多斯文学艺术创作奖，（本届唯一获奖的摄影作品）获得奖金2万元。当我把这一消息发给儿子时，儿子立即发了一条微博："热烈祝贺我家老爷子的摄影作品《大漠奔驼》获第十届鄂尔多斯文学艺术创作奖"。此后，我每次获奖后给儿子发的短信变成了"你家老爷子又获得了×××奖！"儿子回复的短信是"好！领奖领得停不下了哇？"一位老朋友戏说："你这家伙，快退休了反倒成了地方名人啦！"

有人说过，干自己喜欢的工作是一种自由，喜欢自己干的工作是一种幸福。40年前我去照相馆当学徒，是为了寻求一份谋生的职业；40年后的今天，我仍然奔波在摄影路上，是在享受影像带给我的特有的乐趣。

假如时光可以穿越，假如青春能够再来，我将仍然选择你——摄影！

（山东画报社《老照片》丛书第92辑　2013年12月）

## 我与高考的故事

近日整理书柜,在一本书中翻出了一张准考证,仔细端详,又让我想起了41年前曾亲历过的那次高考……

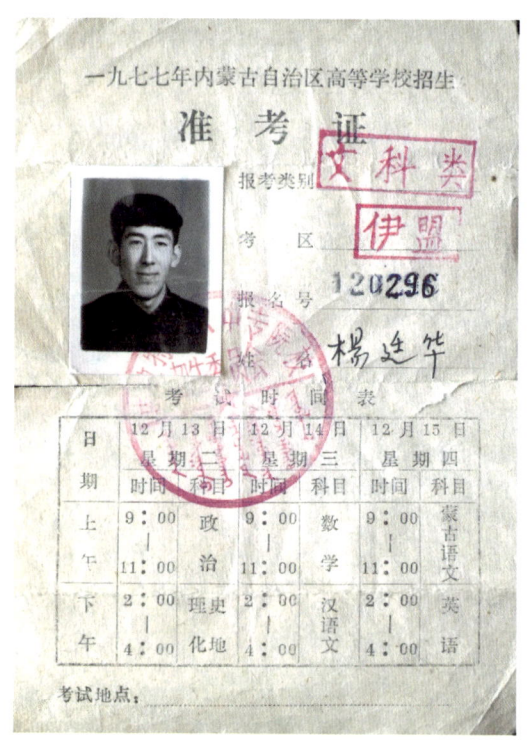

我的高考准考证(1977年12月)

一

本来我与高考应该是无缘的。

我是70届的初中毕业生,记得由于初一误课较多,数学也学不进去,虽然作文经常被语文老师讲评,我感觉自己的初中毕业证是徒有其名的。更重要的还有家庭出身等因素，使我无缘高中生活。但我从内心来说特别想上学、想读书，曾几次梦到自己上高中了。

我的大哥是高中语文教师，一生喜欢读书写作。受其影响，我从未放弃过读书，不论是在建筑工程队搬砖和水泥，还是参加工作后在照相馆从事人像摄影工作，新华书店都是我经常光顾的地方。当年不开架售书，书店营业员可以随便看书的场景令我羡慕不已，曾做梦在新华书店上班。

有朋友见我喜欢读书，说我应该去上大学。但我自我总结最大的优点是有自知之明，一个名不副实的初中生，一个给别人照相的人，即使在推荐上大学的年代，这等好事儿我也是不敢奢望的。还是老老实实响应党的号召吧，干一行，爱一行；干一行，钻一行。好好学技术，为顾客照好相。用我姨姨多次对我的鼓励和嘱咐的话就是："好好儿学，好好儿干，再以后你不就是现在的黄师傅、郭师傅了吗？"黄、郭是当年照相馆的技术权威，也是我十分敬重的两位师傅，不过以后我是不是应该成为他们那样的，我当时还真没有想好。

## 二

1977年11月，一次下乡照相时的遇见让我产生了考一回的冲动。

一天晚上我们住在西梁外的呼斯梁公社，隔壁屋住的是旗卫生系统的两位中年下乡干部，我过去串门，他俩拿着一个油印的小册子，一个提问，一个回答，我一听基本上都是哲学、政治经济学和时事政治方面的复习题，我感觉我也大都能回答上来。随后才得知，中央已宣布今年恢复高考，以省命题，内蒙古的考试时间是12月13日至15日。他们俩人的儿子都在准备参加高考，下乡途中碰到了一套难得的政治复习题，俩人拿到手后先互相考问一番。原来如此！恢复高考这么重大的消息我是在这里才知道的，我感叹我的信息闭塞！随后我又释怀了，一个不合格的初中生和高考本来就没有多大关系。

第二天，我们赶到黑赖大队为农民照相，晚上和一个民办教师住在一个炕上，累了一天，我一会儿就进入梦乡了，一觉醒来时我看到那位民办教师正在烛光下学习，（当年这里还未通电）我不知道他是一直没睡，还是睡了一会儿又起来学习的，只知道他正在加紧复习，准备参加高考。

### 三

下乡回来后，我的心动了，上学读书对我的诱惑太大了，而且我已工作满5年了，按政策可以带工资上学。必须考一次！考上了圆我一个大学梦，考不上就继续照相嘛。然而，初中生能考吗？招生办答复，高中毕业或者相当于高中毕业均可报名，像我这样的情况需从旗商业局开出一个相当于高中毕业的证明。马不停蹄，开证明、填表报名……所有手续都办好时，离高考只有两周时间了。在这两周时间里，我白天上班，晚上到达一中礼堂听补习课，眉毛胡子一把抓，碰到什么课就听什么课。

现在回想起来当年报志愿的环节也挺可笑。那时候志愿是在报名时就要填报的，每人可报4个志愿，我是初生牛犊不怕虎，凭着感觉走，记得第一志愿是北京广播学院的摄影专业，其余几个也都是外地院校。一天晚上听课结束后，我去住在一中家属院的连老师家请教，当他听了我填报志愿的情况后，叮嘱我一定要报一个区内院校，第二天我才去招生办把最后一所区外院校改成了内蒙古大学。

2天的考试，4份卷子，政治、语文、数学、史地，印象较深的是语文卷，百分制，其中作文70分，两个作文题任选一题，一个是《在红旗下》，另一个是《谈实事求是》。我写的是《在红旗下》，自我感觉良好。考试结束后，我凭记忆把作文又抄了一份，寄给了在老家当高中语文教师的大哥，他对我的作文评价挺高，据说他的不少学生还传抄了这篇作文。因为我对数学一窍不通，估计总分也高不了。好在考前期望不高，所以考后失望也不大。

## 四

考试结束了,我又回到了为顾客摆姿势、打灯光、按快门等平静而忙碌的工作之中。

忙碌中的时间过得很快,有一天,几位女同事从街上回来后大喊大叫:"你快看个哇,榜上有你了!"我最有自知之明,知道自己不会上榜,也知道她们是在开玩笑,但转念又想,或许奇迹出现了呢?明知自己不会上榜,却又希望奇迹出现。我怀着复杂的心情走出了照相馆,马路对面的百货公司大门一侧,贴着一张大红纸,不少人正在围观,我迫不及待,一目数行,没有自己,再看一遍,还是没有……

红纸上面用毛笔抄写着二三十个人的名字,这就是当年全旗高考的初选通知,那时候好像不通知成绩,到现在我也不知道当年到底考了多少分。

资料介绍,1977年12月的高考,是中国历史上唯一的一次冬季高考,570多万年轻人奔向考场,第二年春天,他们中的27万人走进了梦寐以求的大学校园。再往后他们大都成为中国改革开放和经济建设的中坚力量。

## 五

1977年冬天的高考,似乎并没有改变我的命运,然而却让我从中看到了希望,也让我重新审视了一遍自己。让我确信,读书可以充实自己,知识能够改变命运。我也确信,"条条大道通罗马"。

此后我比较系统地参加了《山西青年》刊授大学中文专业的学习。1985年,内蒙古高等教育自学考试开始后,我坚持一边工作,一边考试,从1985年到1988年,4年时间,8次考试,终于取得了12门课程的单科合格证。当我在电视台记者的岗位上领到了由内蒙古自学考试委员会和内蒙古大学共同颁发的"党政干部基础科"大学专科毕业证时,激动的心情难于言表。我从内心深处

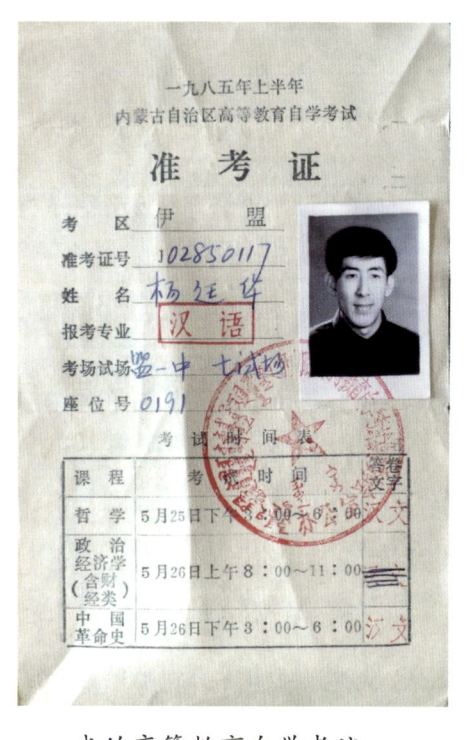 

我的高等教育自学考试准考证（1985年5月）　　我的高等教育自学考试大专毕业证（1988年10月）

感谢高考！感谢由高考延伸出来的高等教育自学考试制度！

## 六

弹指一挥间，41年过去了。

如今，我们的国家繁荣昌盛，我们的生活今非昔比。这一切都离不开改革开放，更离不开改革开放的先声——恢复高考。

（2018年12月）

## 我的黄河缘

2021年5月,我和妻子去山东自由行,按照出发前的计划,最后一程是我向往已久的黄河入海口。

我的故乡在山西,地处五台山北麓。2020年秋天,我们自驾游去山西芦芽山,在宁武县境内偶遇一个标有"汾河源"的地方,此前,我只知道汾河是山西的母亲河,原来在黄河沿途的13条主要支流中,汾河是第二大支流。

最早知道黄河时我还未上学,是母亲告诉我的。我的姨父20世纪60年代初从部队转业,从旅顺来到了与包头市一河之隔的达拉特旗,那条河就是黄河。当年过河靠轮渡,时值黄河春季流凌期,轮渡停了,姨父姨母和他们的行李是坐飞机先到东胜,再从东胜坐汽车返回达拉特旗的。

1973年5月,笔者在达拉特旗黄河老浮桥旁

此后母亲多次来姨母家小住，坐轮船过黄河就成了她绕不开的一个话题。记得有一年，大概有两个月没有收到姨母的来信，母亲整天坐卧不安："是不是黄河水出岸了？"直到看见来信，母亲才放心了。

我第一次走近黄河，是20世纪70年代初，记得那是一个下雨天，客车从设在包头的伊盟汽车站开出，一路上风雨交加。忽听有人说，要过黄河了，我望望车窗外，除了一片雨雾，什么也看不清楚，只是感觉车速慢了许多。又过了一会儿，客车颠簸起来了，有人说到大树湾了，我向车窗外望去，雨小了一些，哪有什么大树？泥泞的土路上全是坑坑洼洼。事后我才知道，客车是从浮桥上开过黄河的，母亲在这里坐过的轮渡已经成了历史。

黄河发源于世界屋脊，从青藏高原的巴颜喀拉山启程，一路穿峡越谷，千回百转，鬼斧神工般在天地间写下了一个笔画长达万里的"几"字，成了中国第二、世界第五大河。

我第一次走近的这段黄河，就在这个几字头上，更精准一点表述，是在几字那一横的正中央。河的北面是"草原钢城"包头市，南面是鄂尔多斯市，而我来到的达拉特旗则是鄂尔多斯市的北大门。

现在从我居住的小区出发，开车十几千米就可到达黄河防洪大堤。远远望去，河水平静而舒缓，在巍峨大青山的映衬下，她像一条赭黄色的彩带，弯弯曲曲地向东飘去。不同的天气中，光线变化，彩带的颜色也会有一些微妙的变化。

作为一个大半生几乎只会按快门的人，黄河滩成了我的摄影福地。从旭日东升的清晨，到漫天霞光的黄昏。从天鹅飞舞的早春，到满眼绿色的盛夏，从机声轰鸣的金秋，到冰天雪地的隆冬……假如有一段时间没有上黄河大堤，总感觉生活中缺了点什么。近几年当地流行着一首歌，我比较喜欢，歌名就叫《我家住在黄河湾》。而当地政府提出的一个目标，就是要打造"亮丽黄河湾，多彩达拉特"。

半个世纪过去了，黄河水东流不息，而我的青春岁月却只能从记忆中寻找了。50年来，我见证了黄河湾日新月异的变化，而黄河湾也应该记得我留在河

2022年4月,达拉特旗德胜泰黄河大桥

滩上的那些深深浅浅的脚印……

难忘1983年的秋天,包头—达拉特旗第一座黄河公路大桥落成了,通车典礼那天,两岸民众兴高采烈,很多人自发地赶到了现场,大桥两端人山人海,好似一个盛大的节日。当时我在照相馆工作,闻讯后和几位同事带上相机到现场服务,为不少人在大桥旁拍下了纪念照。而当时最令我高兴的是,母亲来时方便了,再也不用担心流凌期过不了黄河了。

现在,曾经令我激动的第一座黄河公路大桥已经纳入了包茂高速。在黄河流经鄂尔多斯728千米的河段上,27座公路和铁路大桥凌空飞架。(这还是两年前一位水利部门的影友为我提供的数据,现在还应该会有变化)。

感谢命运,让我与黄河结缘。也感谢黄河,让我在这个大几字上的不少地方留下过足迹。

我曾在阿坝若尔盖见证过"黄河第一湾"的清澈;曾在黄河穿城而过的兰州市仰望过黄河母亲的雕塑、感受过"黄河第一桥"的厚重;曾在宁夏和河套平原上浏览过黄河的馈赠;曾在老牛湾欣赏过黄河乾坤湾的神奇;曾在万家寨畅游过"准格尔黄河三峡";曾在壶口瀑布旁听过黄河如雷的咆哮。我曾坐着小船三上娘娘滩,追寻黄河小岛上的人们;曾在碛口古渡上,回望过那些曾经喧闹的岁月;曾在黄河畔上的佳县,寻访过《东方红》作者李有源的故居;也曾多次在航班上注目凝神,定格过母亲河的倩影……

2017年夏，四川阿坝若尔盖"黄河第一湾"

"黄河之水天上来，奔流到海不复回""九曲黄河万里沙，浪淘风簸自天涯""白日依山尽，黄河入海流"……或许是古人诗句的诱惑力太强，让我早就有了走近黄河入海口的冲动。

在山东省东营市，我多次向出租车师傅们讲述黄河那个巨大的几字，讲述

2021年9月，兰州黄河母亲雕塑

我们来自几字那一横的中央,讲述黄河入海口就是大几字的最后落笔处。他们好像感觉这种描述很新鲜,对入海口的介绍也就更详细了一些。

东营是一座年轻的城市,它因胜利油田的开发而兴起。我们入住的酒店周边,就立着不少采油机,当地人俗称"磕头机",陕北人叫"磕头牛牛"。在这里,遇到的人也大都是油田人,连出租车司机和景区观光车司机也都是油田职工转过来的。

出东营市东行70多千米,就到了黄河口生态旅游区。在这里换乘景区观光车继续东行,观光车司机也是导游。这里的海拔低于15米,由于落差的减小,经过长途奔波的母亲河在这里放缓了脚步。当她在入海口受到海流的阻挡后,大量的泥沙便留了下来。据测算,每年大约有16亿吨泥沙淤积在这里,入海口因此每年向渤海推进2千米,据说每天可新增一片足球场大小的土地,一年增加土地3.6万亩,成为我国"最年轻"的陆地。"沧海桑田"在这里得到了最形象的诠释。

这里是黄河三角洲国家级自然保护区,中国六大最美湿地之一,中国东方白鹳之乡。映入眼帘的是,湿地纵横,芦苇密布,很多叫不上名的鸟儿穿行其间,古河道上游艇穿梭。这里看不到大树,东方白鹳作巢的地方都选在电杆的顶端。

2021年5月,笔者在山东东营黄河入海口

有一种形似馒头的柳树点缀在湿地和水滩中，据说，馒头柳的树种是从甘肃顺流而来的。导游介绍说，到了九十月份，这里红毯（碱地上生长的一种红草）迎宾，芦花飞雪，场面非常壮观。特别是候鸟迁徙的季节，多种鸟类齐聚入海口，很多从全国各地赶来的摄影人，不惜花300元钱去买一张拍鸟入场券。

观光车的终点站到了，一块大石头上刻着5个苍劲的大字——"黄河入海口"，人们争相拍照，以留下到此一游的影像。

身边的黄河看上去宽阔了很多，水流平缓而舒展，甚至连流向也不太明显。登上瞭望塔，极目远眺，水天连接线上仍然是缥缈的黄色，蔚蓝色的大海在哪里？黄蓝交汇处在哪里？我急切地向景区工作人员咨询，得知这里到河海交汇处还有35千米，坐船过去需一个半小时，而能否开船的决定权在水利部门。今天虽然风和日丽，但还是不能开船。因为能否开船除了天气因素，行船处还得有足够的水深，否则游船就会搁浅。

有句老话叫不见黄河心不死，而此时的我是看不到大海心不死。一直等到下午三四点钟，仍然没有等到获准开船的消息。我想等第二天再坐船，但这里是没有酒店可住的。无奈，我只能回到景区展览馆，仔细看看有关河海交汇的图片和视频。突然，其中的一幅图片震撼了我，让我有了身临其境的感觉——画面近似对角线式构图，右上角是蔚蓝色的大海，左下角是刚刚入海动感十足的黄河水。整个画面在阳光的映照下，黄蓝分明，色彩浓烈，层次丰富，波光粼粼。一艘快艇从右下角冲入画面，在蔚蓝色的海面上激起了层层白色的浪花……

我凝视着那一片动感十足的黄色，久久不愿离去，因为那是母亲河融入大海前的色彩，那里有故乡的汾水，那里有几字湾的泥土……

（《鄂尔多斯》 2024年5月刊）

# 从一见钟情到永远相守

《老照片》是山东画报社陆续出版的系列丛书，每年出版6辑，专门刊发有意思的老照片和相关文章，以此反映百多年来人类的生存与发展。

我与《老照片》的故事，我想用三句话来概括，一是一见钟情，二是再续旧情，三是永远相守。下面我来分别讲述。

## 一见钟情

2009年夏天一个普普通通的日子，我在当地（内蒙古鄂尔多斯市达拉特旗）新华书店闲逛，漫不经心的浏览中，突然眼前一亮——一本叫《老照片》的书映入我的眼帘。

我和照片有一种特殊的情感，20世纪70年代初，我被分配到全旗唯一的一家国营照相馆当学徒，18岁的年龄，18块钱的工资，从此便与摄影和照片结下了不解之缘。虽然十几年后离开了照相馆，调到电视台工作，但我始终没有放下手中的照相机，因此碰到有关摄影和照片的书都会多看两眼。

《老照片》封面上的两片红叶、一幅旧照令人赏心悦目，再看内页，图文并茂、相得益彰，更难能可贵的是，不少图文都是百姓在讲自己、家人和朋友的平常事。这让我想起了中央电视台《东方时空》早期的一个栏目"讲述老百姓自己的故事"。看看定价，10块钱，当时低于10块钱的书似乎不多，于是掏钱成交。顺便说一句，当时我并没有注意它的辑数，今天才看仔细了，它是《老照片》第63辑，山东画报出版社2009年2月出版。

## 再续旧情

《老照片》第63辑

一个叫孙培荣的人为我创造了一个与《老照片》重续旧情的机缘。

孙培荣是一位离休老干部，我参加工作时他是达拉特旗商业局的局长，在旗商业局为我们新职工举办的培训班结业合影中，他坐在最中间。早就听说此人特别爱照相，我到照相馆工作后，他经常来照相，除了全家福、单位活动合影等，个人标准照是每年必照的。不过我们年轻摄影人是没资格为他拍照的，一般都是由照相馆德高望重的师傅亲自出场，我们给打个下手，顺便学点儿艺。五六年后我终于有资格为他拍过几次标准照。他每次来照相都开票，一寸相3毛8分钱，他一分也不少掏。当然他还是占了一些便宜的，摄影师一般都会至少为他拍两张底片，这样掏一份的钱可能就拿到了两份相。

我从达拉特旗电视台副总编辑的岗位上退居二线后，又全身心地投入了摄影之中。2011年春，我应邀担任了达拉特旗摄影家协会主席，新的岗位，新的视角，使我有了重新认识摄影、重新研究照片，特别是老照片的欲望，于是爱照相的孙培荣成了我2013年的第一个采访对象。

遗憾的是我未能采访到孙培荣本人，他已于6年前离开了他工作和生活了半个多世纪的达拉滩。但是，他为我们留下了亲自编排的9本影集，也留下了他81年生命历程中不可多得的影像故事。

孙培荣的影集告诉我们，从1942年到2001年，主人的年龄从16岁到75岁，在这60年中,他有52年留下了标准照,其中,从1957年到2001年,他的年度拍照一直持续了45年。

我拍过和看过难以计数的照片,但是孙培荣的影集仍然令我感到震撼。于是《一个人60年的影像故事》一文应运而生。冯克力主编在我发出电子邮件几小时后就发来了短信:"杨先生:大作收到。甚好!照片怎么配发,容我再想想。"

在第89辑《老照片》上,《一个人60年的影像故事》被列为封面推荐的5篇文章之一。

《老照片》第89辑

### 永远相守

《一个人60年的影像故事》一文的发表,使我由一名原本算不上忠实的读者,变成了《老照片》的作者之一,随之,我对《老照片》的关注度也升温了。首先我在当地新华书店订购了一部分《老照片》,同时收藏了山东画报社《老照片》的网址,上网时随时打开浏览一番。新的一辑《老照片》一出版,我都会尽早地在网上看一看，能打开的就读一遍，特别是"书末感言"，我会反复地读、细细地品。再后来，我添加了冯克力先生的微信，我们成了天天分享新信息的网友。

因为关注了《老照片》，和《老照片》有关的书也列入了我的邮购清单，冯克力先生的《当历史可以观看》、英国人约翰·汤姆逊的《中国与中国人影像》《世界的眼睛——马格南图片社与马格南摄影师》、布列松的《内心的寂静》等书也都进入了我的书柜。

前面说过，我对摄影、对照片有一种特殊的情结。曾自我调侃式地做过总结："40年前学摄影，40年后习数码，半辈子干了一件事。"和《老照片》续上旧情后，我又以我的摄影经历写了一篇《我的摄影缘》，配图发表在《老照片》第92辑上。

因为亲近了《老照片》，也在一定程度上影响了我的摄影观。过去一说摄影就要拍得美、拍得好看，现在我更看重它的记录功能。我名片背面的8个字——"定格瞬间，留住记忆"，从一个方面表达了我的新的摄影理念。我还在达拉特旗摄影家协会主办的《达拉特摄影》小报上开了一个栏目，叫《影像故事》，特别希望能征集到《老照片的故事》。

我的摄影情结和新闻经历注定了我与《老照片》之间永远的情缘。我曾与当地收藏界的一位朋友约定，一旦发现有意思的老照片马上通知我，我将尽我所能来挖掘照片背后那一个个感人的故事……

至少，我会做一名《老照片》的忠实读者，与《老照片》永远相守……

（山东画报社《老照片》丛书第96辑　2014年8月）

## 我有一位91岁的影友

我有一位91岁的影友,他的名字叫王延鹤,"鹤寿延年"这个词用在他身上非常贴切。

2014年5月,时年84岁的王延鹤

认识王老师快8年了,那是2014年5月,鄂尔多斯市群艺馆举办了一期摄影培训班。一天下午,主办方组织大家到牡丹园采风创作,盛开的牡丹,身穿民族服装的模特,影友们个个"长枪短炮",拍得不亦乐乎,快门声此起彼伏,响成一片。

忽然,其中的一位老者吸引了我,他看上去比较清瘦,牙齿好像掉了不少,遮阳帽的后面钻出了一缕长长的白发,看上去有七八十岁的样子。他的右肩上挎着一个简易购物袋,(后来我知道了袋子里装着好几本影集,有机会时他会与影友们分享交流)他的脖子上吊着一部佳能相机,手中还拿着一部我不认识的小相机,那一刻他正在专心致志地拍摄,而我的镜头几乎再也没离开过他。

也许是受到了我的影响,不少影友也把镜头对准了这位老摄影人,反倒使鲜艳的牡丹花和漂亮的模特们一度受了些冷落。

我为这位老者拍摄的组照,标题确定为《美景》。因为在我看来,生活处处有美景,老人的镜头中拍的是美景,而此刻的他在我眼中更是一幅难得的美景。

拍摄活动结束后,我和这位老者互加了微信,并承诺回去把照片处理好后,选几幅发给他。此后几天的培训间隙,我们之间有过几次简短的交流,我对这位老者也有了一些粗浅的了解:王延鹤,20世纪30年代初生于辽宁,少年时期曾在日本人办的学校上过学,退休前一直在家乡当中学教师,后来随子女来到鄂尔多斯市东胜区,仅此而已。后来我从微信中他的活动轨迹中推测,北京和河北应该也有他的子女。

如果说牡丹园的相遇引起了我对王老师的关注,那么在随后几年中他发在朋友圈的动态则让我对王老师产生了深深的敬仰,经常有一种"高山仰止,景行行止,虽不能至,然心向往之"的感觉。

王老师在朋友圈发过多少条动态?我不知道。我知道的是,近年来他很少有不发动态的日子,而有时一天还会发出好几组。王老师通常发的内容,一是书法作品,二是摄影作品(其中还经常有他自己的出镜图像),三是相关的文字阐述。王老师的动态内容丰富,所见所闻、所感所想、所拍所写都可能是他要发表的。而当九宫格无法表达他的想法时,他还会编辑发布"美篇",文字、书法、摄影、音乐一起上。

在我看来,每次浏览王老师发出的书法和图文,都是一次美的享受。下面摘录他书法作品中的部分内容与大家分享。"人要想越活越好,首先要认识

王延鹤先生
幸福的时光
——2018.6.28.

2018年6月27日 11:40

 王延鹤先生    2018年6月27日 11:41
88岁留念

 王延鹤先生    2018年6月27日 11:49
感谢生活，感谢时代，感谢朋友，
更感谢我的后代，，，，！

王延鹤微信朋友圈截屏

自己、喜欢自己，保持一颗平常的心，不停地打磨自己。""人生处处是风景。""把生活写成诗，把日子过成画。""做平凡的自己，让生命在平凡中闪光。"

"人不管年龄有多大、日子有多忙，依旧应该学习、探索，拥抱新知识，永不放弃梦想……"这是王老师2020年6月6日写在自拍照上的一段话，这是王老师心声的表达。

在王老师的朋友圈中，看不到愤世嫉俗的情绪，更没有怨天尤人的吼喊。阅读王老师的朋友圈，你会有一种春风拂面的感觉，方寸之中、字里行间，满满的文化、满满的哲理、满满的情趣、满满的爱意……他热爱伟大的祖国，热爱中国共产党，热爱山水田园，大自然中的一草一木、鸟鱼花虫、风霜雨雪都会让他流连忘返。

东胜区城市建设日新月异，王老师以一个见证者的身份告诉人们这里的变化。他曾以《笑对过往看今朝——20年前的回忆》为题，图文并茂地介绍了东胜老火车站周边的变化。文中说："20年前，老火车站这里还是一片沙丘，路边七扭八歪长着几排大白杨，都被新的绿植替代，中图是还存活的一棵。现在周边高楼林立，马路宽广，各种汽车鱼贯而行。东胜变了，变得繁华而美丽。"

铁西区鹿园新开了一家新华书店,他在朋友圈中告诉人们:"那里文明、静雅,图书的种类很多,古今中外,天文地理……如果你能到那里一阅,必将留连受益。"

在东胜1路公交车上,王老师遇到了一位60多岁的女士为70多岁的女士让座,他立即拍了下来,虽然这类照片很难拍好,但王老师的文字不仅补充了缺憾,也使本组图文立意升华:"你看二人笑得多开心,假如乘客之间、司乘之间都能像她们这样互相谦让,互相关照,谁还会去抢夺方向盘?"

中国共产党成立100周年,王老师精心书写了"党恩似海""百年初心""历久弥坚""百年长征路,红旗飘万代""百年征程路,初心映江山"等书法作品,并以一名老共产党员的名义发在了朋友圈。

在王老师的眼中,今天的生活如此美好,值得拍摄和书写的内容取之不尽,因此才有了王老师朋友圈的丰富多彩——东胜春节前的节日氛围、元宵节展出的老照片、环卫工人的辛苦、高考考场外的亲情、丰收的麦田、北京的玉

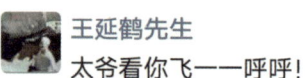

王延鹤微信朋友圈截屏

兰花开、河北（大厂）民族宫的雄姿、初冬的大雪……

每个人都有自己割舍不了的亲情，我在王老师的微信朋友圈中寻觅，找到了一部分这方面的图文，其中一个乳名叫呼呼的男孩内容最多，他是王老师的第四代（重孙），和王老师相差83岁，他俩应该在一起的时间最多。在我的印象中，王老师为重孙呼呼做过早点、教过古诗、教过钢琴，也晒过呼呼写的文章和毛笔字。

写到这里，我的耳际仿佛响起了一首歌：

王延鹤的自拍照

最美不过夕阳红,

温馨又从容,

夕阳是晚开的花,

夕阳是陈年的酒,

夕阳是迟到的爱,

夕阳是未了的情,

有多少情爱,

化作一片夕阳红……

（2021 年 11 月）

2024 年 2 月补记：

时间又过去两年多了，王老师仍然一如既往，乐此不疲，每天在朋友圈发他最新的书法和摄影作品，我由衷地为他点赞，向他致敬！

# 亲情往事

## 追忆姨父

"有过多少往事仿佛还在昨天,有过多少亲人仿佛还在身边……"这句被我改过的歌词代表了我此刻的心情。

时间过的真快,姨父离开我们已经23个年头了。此刻,凝视着那一幅幅饱览了岁月沧桑的老照片,抚摸着那一枚枚经历过炮火硝烟的军功章,姨父的音容笑貌又浮现在了我的眼前……

### 大山深处十八年

1928年,姨父出生在山西省繁峙县南峪口乡蛟跎村,他们住的自然村更小,叫黑涧沟。这里位于滹沱河南岸、五台山北麓,多见大山少见人,当地人俗称南山,平型关大捷就发生在这里往东北20多千米的地方。

姨父的大名叫杨林盛,他还有个小几岁的弟弟,叫杨林茂。多年前当我也有了些文化后,曾仔细琢磨过姨父兄弟俩的名字,我不知道他俩的名字是谁起的,但感觉名字挺有文化,你看,合起来是"杨林茂盛"。小时候听母亲说,姨父的父亲好像略通医道,曾经也算山沟里的富户,后来由于抽上了洋烟(鸦片),家境逐渐败落。姨父14岁时,娶回了比他大3岁的姨母,"女大三,抱金砖",这是当年老家人们理想的婚配模式,我的母亲也比我父亲大3岁。至今我还记的母亲描述过的一个场面,是姨母婚后不久怀着好奇心告诉母亲的:早饭后,兄弟俩带上镰刀和绳子要上山砍柴去了,十来岁的弟弟问他父亲,今天是买膏子了还是买片儿了,然后像背书似的说,买膏子就拿瓶瓶儿,买片儿就拿匣匣儿。时间长了,姨母才明白了,原来兄弟俩把柴卖了之后,顺便要给

图1 姨父最早的照片（拍摄时间不详）

父亲买洋烟回来，膏子和片用的包装是不一样的。

## 从军路上十八年

1946年，在解放战争的战火硝烟中，已经当了好几年民兵的姨父告别了父母，离开了妻子，开始了他历尽艰险的从军岁月。

图1应该是我看到的姨父一生最早的照片，呈现在我们面前的是一位年轻而纯朴的解放军。看上去照片的质量较差，不知道拍照时间和地点，我分析这应该是1946年到1949年解放战争时期的一幅照片。听姨父说他曾当过通讯员，我推断差不多是那个时期。

图2是姨父1953年12月拍的，这个时间是姨父自己写在照片背面的。他的

胸前佩戴着一枚纪念章，我在姨父的遗物中找到了这枚纪念章，正面是一只飞翔的和平鸽，上方是"和平万岁"4个字。纪念章的背面刻有"中国人民赴朝慰问团赠1953.10.25"的字样。说明这幅照片是领到纪念章后照的，是不是专为领到纪念章而照，我就不得而知了。

在枪林弹雨、出生入死的战争年代，姨父到底走过多少地方，参加过哪些战役，很遗憾我未能在姨父生前多了解一些。眼下只能从他的遗物中追寻其足迹了。在姨父珍藏的纪念章中我看到，有1948年颁发的解放东北纪念章，有1950年颁发的华北解放纪念章，有未标时间的解放西北纪念章，还有抗美援朝纪念章等。通常只有参战官兵才有资格得到这类纪念章，它证明姨父的足迹横跨了"三北"，随后又跨过了鸭绿江。

说到从军的艰辛，忽然想起了姨父生前闲谈过的两件小事。

一件是他说人在特别困的时候站着也能睡觉，有一次，他们部队行军打仗好几天没睡觉了，行军途中暂停几分钟传达命令，他站着站着就睡着了，重新出发时，身后的战友才推醒了他。他说站着睡的这几分钟太舒服了，几十年后说起来还意犹未尽。

另一件事是他患上痢疾，连续多日浑身没有一点力气，而部队天天都在行军，首长知道后，让他拽着一匹驮东西的马的尾巴走。他拉着马的尾巴跌跌撞撞又走了几天，说来也怪，目的地到了，姨父的病也慢慢好起来了。

图2　1953年12月，姨父赴朝归国后的留影，照片背面写着拍照时间

当姨父拽着马尾巴艰难行军的时候，姨母正在经过故乡的解放军队伍中寻找着他的身影。母亲生前告诉我们，姨父参军后便与家中失去了联系，整整6年音信全无。姨父的母亲想到儿子生死不明，经常放声大哭，哭声让整个小山村为之动容。年轻的姨母是山沟中少有的识字人，曾教过书，还当过县人民代表。姨母会写信，却不知道寄往哪里，只能默默地祈祷姨父在枪林弹雨中平安无事。

图3 1955年2月25日，姨父姨母于安东留影

从姨父老家的南山沟里向北走出十几千米，有个砂河镇，滹沱河经过这里向东流往河北省，现在京原铁路、京原公路横穿东西，大同至五台山的公路纵贯南北，而当年的砂河镇就是一个交通枢纽，经常有解放军的大部队从这里徒步经过，场面相当壮观，当地老百姓叫"过兵"。姨母想这么多兵，说不定队伍中就有姨父，因此她一听到"过兵"的消息，就从山里带着干粮步行赶过来，站在公路边上紧盯着队列中的每一个人，她多么希望能看到那张熟悉的面孔，哪怕是说上两句话也好。

寒来暑往，年复一年。6年过去了，姨母没能在"过兵"的队伍中看到姨父的身影，却意外地收到了邮递员送来的一封信——啊！他还活着！此时的姨父刚从抗美援朝前线归来，驻守在鸭绿江畔的辽宁省安东（今丹东）市。

图3是姨父姨母较早的一张合影，这应该是她从山西农村来到安东市不久后照的，艰难的日子熬出来了，从此，姨母作为一名随军家属，和日思夜想的姨父相守在了一起。

图4的题款是"57.3.3旅顺市二支队三分队三区队全体战友合影留念"，这时姨父已经从安东市调防到了旅顺，当时旅顺曾与大连合称为旅大市。据姨母

图4 1957年3月3日，姨父（二排右三）和战友们的合影

生前流露，在旅顺的那段日子是她一生中最惬意的阶段，姨父的工作稳定，平时在驻地营房，周六下午回随军家属住地，和姨母逛街、购物。平时姨母则和来自各地的随军家属姐妹们游山玩水，共享和平年代的美好时光。

1963年2月5日，从军18个年头的姨父恋恋不舍地告别了军营，离开了风光秀丽的旅顺半岛，走向了天苍苍野茫茫的内蒙古。

### 达拉滩上三十年

达拉滩是内蒙古鄂尔多斯市（原伊克昭盟）达拉特旗的一个俗称，位于黄河南岸，与"草原钢城"包头市隔河相望。20世纪60年代的达拉特旗还很落后，过黄河要靠轮渡，春冬两季流凌期间封河，要坐飞机绕道东胜再坐车70多千米返回达拉特旗。

为什么要转业到这么偏远的地方呢？原来姨父的弟弟在包头铁路系统工作，姨父的母亲跟着弟弟住在包头，而当年的转业政策是只能到县一级，于是姨父看着地图，在离包头最近的达拉特旗上画了一个圈。

在达拉特旗，姨父工作过的单位有贸易公司、合作商店、铁木业社、战备指挥部办公室、农机局等，20世纪80年代中期离休。

姨父好像没怎么上过学，但是他能读书看报，笔记也记得条理清楚，这些文化都是在几十年的工作中自学的。他转业前是副连级的排长，在地方上最

1966年1月30日,姨父(中)与贸易公司同事的合影

高职务是当过合作商店的经理和铁木业社的主任。人们都说他当官不像官,除了参加会议和安排工作,他大部分时间是和一线的工人们在一起干活。因此,在铁木业社当了几年主任后,他竟学得了一身过硬的本领,车钳铆焊,样样精通。不少老干部退休后闲的无聊,他这个县级待遇的离休干部却比上班时还忙。

忙什么呢?姨父是一个爱干活的能工巧匠,心灵手巧,很多废物到了他手里都能派上用场。电灯泡坏了,他把螺丝口拆下来改成了油桶口。武装部打靶后的空子弹箱,他能做成坚固的水桶。比较复杂的是做猎枪,他不仅能做枪栓、枪膛等金属部分,连木制的枪托也是自己一手完成。有技术加上人勤快,他手中就有了永远也干不完的活儿。自己家的不算,同事的、邻居的,还有不少并无交往的人,只要慕名而来,他都是有求必应。大到包沙发,小到编菜篮子、做手摇风箱……在商品匮乏的20世纪七八十年代,姨父的这双手不知为多少个家庭做过或大或小的活儿。至今,我家还使用着姨父当年做的不锈钢铲子、勺子、面板和擀面杖等厨具。

20世纪80年代末,姨母得了脑血栓,瘫痪在床好几年,为了不影响儿女

1980年2月9日，笔者（右）和表弟万平（右二）与姨父全家合影

们正常上班，从做饭洗衣到打扫屎尿，姨父把伺候姨母的事全包了下来，而且他特别干净，姨母常年卧床，家中却没有一点异味。抽空他还精心为姨母缝制了一大包临终穿的衣服，做工十分精细，连我母亲看后也赞叹不已。一双当年握惯了枪和榔头的大手，又一针一线为妻子准备着最后的衣服，此情此景令人感动。

1993年春天，姨母走完了她69年的人生之路，葬礼刚刚结束，姨父就住进了医院，诊断结果：胰腺癌晚期。不到两个月，年仅66岁的姨父也追随姨母去了，两人合葬在达拉特旗孤子梁公墓的一处向阳坡上，蓝天白云下的小草和野花守护着他们，这对一生饱受了分离之苦的夫妻再也不会分开了……

（山东画报社《老照片》丛书第110辑　2016年12月）

# 忆大哥

几天前,一直在广州带孙子的大嫂打来电话,说她已经回到了老家。2020年腊月十六是大哥辞世三周年的日子,老家叫过"圆周年",大概有圆满的意思。大哥圆满了吗?三年来我一直想写一点东西,又感觉千头万绪却无从下笔。

这几天,我把大哥2010年出版的作品集和他写给我的几十封信又认真地看了一遍,再加上我的记忆,好像当年黑白摄影中的显影过程一样,有关大哥的一幅幅画面逐渐由浅到深,越来越清晰地浮现在了我的眼前……

1949年秋季开学前的一天,滹沱河畔的北坡上,秋高气爽,坡梁上的庄稼丰收在望,乡间小路上走着一个大人和一个小男孩儿,大人是个二十大几岁的男子,上衣口袋还插着支钢笔,男孩儿和现在幼儿园大班的孩子差不多大小。这个画面是母亲给我描述的,男子是我当乡村教师的父亲,男孩儿就是我的大哥,这是他第一次离开家,跟随父亲到4千米外的孙庄去读书,当时他只有6虚

故乡下小沿村

岁。母亲多年后向我说的意思是在责怪父亲，俺娃那么小，头一回出远门，你大人就不能背一会儿吗？

半个世纪后，大哥被山西电视台聘为节目评论员，母亲在电视直播中看到了主持人对大哥的采访，事后说起来，她还是掩饰不住的兴奋："俺娃上电视了！"

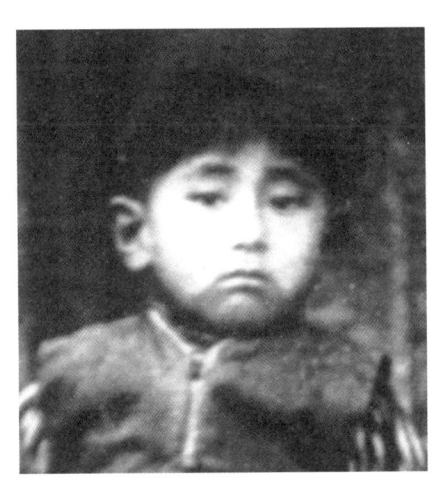

大哥儿时的照片

2017年隆冬时节，还是在滹沱河畔的北坡上，寒风凛冽，坡梁上一片萧瑟，一队系着大白花的汽车缓缓前行，其中一辆箱式车上有一个大大的"奠"字，大哥的棺木就在车上，他的亲人和30年前的学生们来为他送行。在这条他6岁走出家乡的路上，他走过风和日丽，也走过风雨泥泞。

大哥出生于兵荒马乱的1944年，2017年腊月因突发脑溢血去世，享年74岁。他的一生都跋涉在追梦的路上，一路坎坷，一路清贫，但他义无反顾。

1959年，大哥以优异的成绩考取了山西省晋北工业学校，一年多以后，学校撤销了，全校学生回乡支援农业生产。

当了两年多的农民后，大哥在上初中时就很器重他的一位老师的帮助下，当上了代课教师，从此，他在小学、初中的讲台上辛勤耕耘，到恢复高考前，他已经成了全县重点高中班的语文教师兼班主任。

大哥好像很早就喜欢上了写作，我在他的作品集中就看到初中时期写的一首诗。即使在20世纪60年代初吃糠咽菜当农民期间，他仍然没有放下手中的笔，记得他偶尔还能收到《繁峙小报》和县广播站1元或5角钱的稿费。

当教师后，有了虽然微薄但也算稳定的收入，大哥写作的积极性更高了，投稿的层次也在逐渐提高，省市级报刊上也能经常看到他的文章。小有名气后，省市有关方面还经常向他约稿。

1977年春,大哥(34岁)与他的二女儿在砂河镇留影

大约20世纪80年代中期,忻州市文联决定调大哥去当文学编辑,他欣喜若狂,觉得终于可以一心一意干自己喜欢的事了。调令到了县里,因为他带重点高中班,据说还上了常委会,县委书记最后拍板:"既然市里要调,那就是人才,既然是人才,那我们县里就得留。让他把这届重点高中班送出去再说!"听到这一结果,满心欢喜的大哥像被当头浇了一盆冷水。

两年后,不知是因为县志无人编写受到了上面的责问,还是县里兑现承诺,大哥成了县志办当时唯一的编辑。大哥在信中说:"离开了学校,工资减了一部分,但是我愿意,因为在这里我可用于写作的时间相对多了一些儿。"

大哥写作的体裁较为宽泛,散文、诗歌、评论、报告文学等好像都写过,比较起来,我更喜欢他的散文,因为在我看来,好的散文至少应当是有真情而无做作,我感觉他的一部分散文达到了这一点。写到这里突然想起了罗丹的一句话——艺术就是感情。第一次知道这句名言,是大哥在来信中告诉我的。

大哥的写作成果,在我看来是可圈可点的。他的《回忆我的几位老师》获全国散文大赛一等奖。《平型关访古》获中华旅游杯全国散文一等奖。《敬礼,五星红旗》获2012年中国散文学会二等奖。《祈福湖听歌》获全国散文三等奖。诗歌《致母亲》获全国首届校园文学大赛三等奖。文学评论《率真随性，意味隽永》获《中国作家》2010年金秋笔会一等奖。《大势磅礴故园情——魏钢焰〈接过历史递来的火炬〉赏析》获经济出版社优秀论文奖和文化部二等奖。他曾被聘为《散文选刊》签约作家，《人民日报·大地月刊》通讯员，山西电视台节目评论员，2010年加入山西省作家协会。而他在自己作品集的后记中是这样总结的：我虽然起步较早，但迄今还没有一篇在全国范围内有影响的作品。

著名作家、忻州市原文联主席杨茂林对大哥的评价：

> 无意求名常作文，
> 有感而发见真淳。
> 品端学厚辞自华，
> 阅尽沧桑老更成。

如果把大哥的业余创作成果与他的工作生活环境对照一下，我相信你我都会感叹的。大哥大嫂育有三女一子，当年大嫂在学校大灶上帮厨，大哥是高中重点班的班主任，带着两个班的语文，4个上学的儿女要按时吃饭，5个人的责任田要按时耕种……我真不知道大哥哪儿来的时间和精力来写作。记得有一次，大哥到车站送我，看到远处的坡梁上有很多人在活动，大哥说，那是他的学生在栽树，他是班主任，一会儿还得赶过去。

我的父母住在离镇区5千米的老家，因此每次探望父母时，大哥家就是我往返的驿站。记得那些年中，大哥的家至少搬过五六次，房子有远有近，有大有小，但都是租住别人的。直到调到县志办儿年后，大哥一家终于住进了县政府的一处旧家属房，里外两间，有30多平方米，一个小院，还有个小南房。后来大哥不知从哪儿弄来一套旧桌子，只是桌面太大，把个小南房挤的有点儿满。但大哥很高兴，写了多少年，终于有了自己的书桌。

在这张书桌上，大哥又写过多少东西，我不得而知。只知道就在他离开人世前不久，新作《小院的记忆》又获奖了，并入选《山西省绿色散文选》。大

1990年夏，大哥（中，47岁）二哥（右）和我在故居

哥的小名叫松柏，后来被他用作笔名。

我敬仰大哥，尽管我并不想像他那样生活。大哥的中专文凭是后来落实政策才补发的，他曾几度参加人民文学作家函授班和鲁迅文学院的学习，但他只有编辑（中级）职称。他一生当过的"官"是"少先队中队长"和"班主任"，他不抽烟、不喝酒、不善交际，生活的境遇可想而知。

然而，大哥自有大哥的性格：不卑不亢，追梦一生。大哥自有大哥的幸福：笔耕不辍，乐在其中。

当然，大哥一生最为自豪的应该是他的儿子，儿子拿到博士学位后成为南方电网电力研究所的一个项目组长，住在广州市番禺区。2015年春节，大哥发给我的短信是"让海风带着紫荆花香送去祝福：羊年大吉，万事如意！——于羊城祈福大道"。我能感受到大哥字里行间洋溢着的自豪与幸福。

祈福大道附近应该有一个祈福湖，因为大哥在这里写出的《祈福湖听歌》获得了全国散文大赛三等奖。

祈福寄托了人们的良好愿望，但幸福与不幸却如影随形。2007年或2008年间，大哥遭遇了他一生中最大的不幸，刚过不惑的大女儿，因患癌症医治无效，离开她工作多年的英语讲台，留下了一双儿女，也给大哥一家留下了永久的痛……

大哥比我大11岁，其实我和他在一起生活的时间并不长。我对大哥最早的印象是晋北工业学校撤销后，他回到父亲当校长的齐城学校的时候。在此之前，我们一家五口人是一分为三的，大哥在忻州上学，二哥跟着父亲在齐城读书，五六岁的我与母亲为度饥荒落户在北京的二舅家。不久后我们和母亲一起回到了久别的故乡，大哥当农民，我上学，两年后他当上了教师，此后相聚最长的时间就是每年的寒暑假。再以后我也离开了家乡，与大哥的交流就只能靠鸿雁传书了。

今天重读大哥写给我的几十封信，还真得感谢那个通讯不发达的年代。大哥的信独具风格，谈到家长里短几句带过。论起读书作文来不吝笔墨。信封中还经常装有佳作剪报、学习资料、征稿启事、他的作品剪报等，因此他的来信经常超重。记得有些名言警句我最早是从大哥的来信中知道的，比如"情动而辞发""人贵直，文贵曲""兴趣就是最好的老师""艺术就是感情"等。

1975年，我在照相馆工作期间，曾拼凑了一首所谓的诗《摄影员向毛主席汇报》，寄给大哥后，他肯定加鼓励，并略作修改，同时又抄来了一首诗，标题就叫《照相》，记得前几句大概是："十月霜，秋场光，照相师傅进了庄，姑娘们对镜忙梳妆……"据说这是20世纪50年代一位名家写的，它让我开了眼界，原来"照相诗"还可以这样写。

大约是在十几年前，大哥曾与我有过一次面对面的交流。大哥说的大意是，咱们离得远，他的经济条件也差，基本上没有帮助过我，倒是我对他和他的家庭给予了不少帮助。我对大哥说："我对你的帮助是有数的，而你对我的影响和帮助却是无法计算的，这些帮助使我受益终身。"这不是客套，而是我的肺腑之言。

我曾写过一篇《第一本令我落泪的书》，这本书就是大哥给我买的《儿童文学》。20世纪60年代，万籁俱寂的山村之夜，伴着一盏小小的煤油灯，大哥带回来的书为我这个懵懂少年打开了一扇心灵之窗。我记得《小二黑结婚》《李有才板话》《青春之歌》《林海雪原》《苦菜花》《平原枪声》《欧阳海之歌》等都是那个时期读的。杂志有《火花》《人民文学》《诗刊》等。

2015年，大哥（72岁）在广州

现在回想，正是那一阶段的阅读，让我此生与书结下了不解之缘，而坚持读书和自学，也让我这个只上过初中的人，拿到了自学考试大专文凭，获得了新闻专业主任编辑（副教授）职称，至今还能在"华哥图文"上拼凑点文章，这一切如果没有大哥的影响、引导和帮助几乎是不可能的。

我并不赞同"万般皆下品，唯有读书高"，但是我确信，一辈子不读书的人必定是一个精神上的贫困户。

大哥曾为我们班代过课。那是我二年级的时候，有一天，当农民的大哥突然来到了我们的教室，班主任老师介绍说："我因事需要请假一周，这位新老师是我的初中同学，他品学兼优，希望同学们尊敬老师，认真听讲。"大哥讲的其他课都不记得了，唯有那节音乐课至今印象还很深。大哥教我们唱的歌是《桂花开放幸福来》，以前的音乐老师只教歌词，大哥是边教唱谱子，边教唱歌词，令全班同学耳目一新。

还有件事至今难忘，小时候我曾偷过大哥的东西。红卫兵大串联那年的一个周六下午，大哥从他教书的学校回到了家，胸前戴着一枚韶山纪念章。原来他们学校为徒步串联的红卫兵设立了一个接待站，这是红卫兵送给他的。我当时十二三岁，对戴着纪念章的人非常羡慕，因此面对这枚精致的韶山纪念章，我是看在眼里，爱在心上。半夜醒来，我又想到了纪念章，索性摸到了大哥盖在被子上的棉衣，想把纪念章偷偷摘下来，哪知做贼心虚，手一哆嗦大哥醒了，当时他什么也没说，作案未遂的我赶紧钻进了被窝。第二天午饭后，大哥要返校了，刚走出家门又返了回来，随后把那枚韶山纪念章小心翼翼地摘下来递给了我，我欣喜若狂，却好像什么也没说。遗憾的是那枚我戴了很多年的纪念章竟没能保存下来。

我曾为大哥写过一幅挽联："数十年教书育人桃李芬芳，一辈子笔耕不辍诗文传世。"还有一个写在我心中的横联："清贫一生。"

大哥家的小院门前是一条窄长的巷子，两人相向而行需侧身才能通过。送别大哥那天，殡葬师傅们把棺木抬出小巷的过程十分艰难。那一刻我忽然又想起了大哥曾经描述过的梦境，他多次梦见自己跋涉在泥泞的路上……

（2021年2月）

# 追思二哥

在我的记忆中，2024年1月9日，是一个无比灰暗的日子。那一天，我和亲人们一起送走了我的二哥。

人生难得是欢聚，唯有别离多……

52年前的夏天，二哥送我到离故乡5千米的砂河汽车站，一路上左叮咛，右嘱咐，我此行的目的地是千里之外的内蒙古。

52年后的寒冬，我在忻州市殡仪馆为二哥送行，没有叮咛，没有嘱咐，只能默默地为他流泪，为他祈祷，他的终点站是人们传说中的天堂。

我小时候，父亲和大哥都教书在外，平时家中只有母亲、二哥和我，大我8岁的二哥成了我的家长。他关爱我、呵护我，但也打过我、骂过我。

我十来岁时的一个秋天，晚上去邻村看电影，返家途中突然狂风大作，"风是雨的头"，二哥嫌我跑得慢，一边训斥，一边背起我就跑，刚进家门，瓢泼大雨就下了起来……

近些年来，同样过着退休生活的二哥和我不知不觉中形成了一个习惯，每月至少要通一次电话，如果快一个月的时候，我没给他打电话，他就会打过来。家庭、社会、过去、未来，无所不聊。

2023年11月25日的电话，是二哥打给我的，没有想到的是，这竟是我俩的最后一次通话。

1947年10月，二哥出生在山西省繁峙县一个叫下小沿的村子。2024年元月5日，二哥在忻州市人民医院去世，享年77岁。

二哥只上过农中，他当过十几年地地道道的农民，农村的营生样样在行，是村民们公认的一个好农民。

 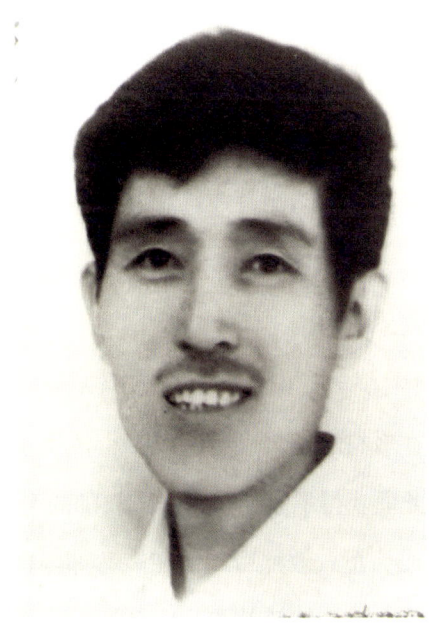

当农民时的二哥（1968年左右）　　　当教师后的二哥

不过二哥的婚事却成了我们家的一个老大难问题，按说我们家五口人中有两个教师，二哥的总体素质在我看来应属优秀之列，这在农村应该算是不错的家庭。但是，媒人领着二哥不知相过多少次亲，女方相中了，但当得知我的爷爷当过地主时，女方便唯恐避之不及，亲事当然也就不了了之了。

在二哥的婚事上，父亲与母亲的观点时有冲突。母亲认为，当时农村的姑娘大多17岁就订婚了，因此男的过了25岁，找对象就会难上加难，必须抓紧时间，于是她千方百计托人说媒。我不知道到底有多少个媒人来过我们家，我只知道当年的媒人上门都得给喝红糖水，每次母亲都会提前从供销社买回一斤红糖，剩下的就装在一个罐头瓶中，正好我嘴馋时偷吃。因此我只要看到橱柜中的罐头瓶中又添上了红糖，就知道又一拨媒人来过了。

当教师的父亲则认为，不要天天念叨这件事，这只会给他增加心理负担。要给儿子解释，成不了家也没什么大不了的，"大奎万""斌娃子"一辈子没结婚，人家不也过的挺好的。这些话本是父亲私下说给母亲的，但母亲对父亲的说法不屑一顾，并把这段话公布给了我们兄弟三个，以揶揄父亲。她当然还是一如既往，为二哥的婚事四处奔波。罐头瓶中的红糖没了再添，媒人走了一拨又来一拨……

母亲的心血没有白费，二哥25岁的那年夏天，一个李姓姑娘和她的父母独具慧眼，我才终于有了二嫂。为了促成这一婚姻，媒人把二哥的年龄往小报了几岁。结婚几年后，二嫂知道了二哥的实际年龄，曾就瞒岁数一事质询过我母亲，一辈子不会能言善辩的母亲，这一次却在窘境面前急中生智，含笑应对："不瞒岁数娶不来你哇。"

1976年，30岁的二哥放下锄头，成了一名民办教师。他十分珍惜这一机会，在乡村的三尺讲台上，干得风生水起。连续两年被评为繁峙县劳动模范，并因此而获得了参加转为正式教师的考试资格。

成为正式教师后，他在岗参加函授学习，取得了师专毕业证书。他先后当过好几个学校的校长和几所乡镇的联校长，据说曾经是当年全县最年轻的联校长。

二哥在教育战线上的工作可圈可点，在我们这个大家庭中的作用也举足轻重。因为父亲和大哥不在家，18岁的二哥成了大队花名册上的户主，家中的

退休后的二哥（2009年左右）

二哥（右）与我的合影（2022年国庆期间）

事情他也管的最多。后来父亲退休了（后转为离休），父母的事情仍然离不开他。二哥当上联校长后调离了故乡，但习惯使然，他仍然是父母晚年生活中离不开的主要角色，对此他无怨无悔，"孝敬父母天降福"是他常说的一句话。

在忻州返京的动车上，我从手机相册中翻出了我和二哥的一幅合影，那是2022年国庆期间自驾回故乡探望二哥时照的，地点在二哥家的客厅。这次回故乡成了我和二哥的最后一次见面，也留下了最后一幅珍贵的合影。它让我在今后的岁月中少了些遗憾，多了几分安慰。

二哥走了，但他永远活在我的心中……

（2024年1月）

## 寻找姥姥家

写下这个标题，自己也觉得有点好笑。一个年逾花甲的人，为什么还在寻找自己的姥姥家？

小时候，常听人们训斥一些不守规矩的娃娃或大人："又不是住你姥姥家了？！"我当时的理解是，大概姥姥对外孙最宽容，住在姥姥家就不用守规矩了，想怎么折腾就怎么折腾，儿时的我多想去姥姥家住上十天半个月。遗憾的是我从未住过姥姥家，我在大半生的学习、工作和生活中，谨小慎微，循规蹈矩，从不敢越雷池半步，在我看来，就是因为小时候没有住过姥姥家。

等我懂了些事儿后，逐渐明白了，住姥姥家是我永远也实现不了的一个梦想，因为姥爷姥姥在20世纪40年代就离开人世了，他们大概都只活了四五十岁，比我大8岁的二哥都没有住过姥姥家。

姥爷姥姥没有留下照片，我只能从母亲的只言片语中拼凑和想象他们的样子。听母亲说，姥爷叫段裕美，姥姥的名字她从来没有说过。母亲和我的姨姨舅舅他们姐弟几个个子都不小，我估计姥爷应该是个大个子。从母亲他们姐弟几个的名字和受教育的程度，我推测姥爷应该是一个有文化的人。

我的母亲是1921年出生的，那个年代农村的女娃，大多都缠成了小脚，而我母亲和小她几岁的姨姨都是37码的大脚。农村的女娃很少有读书的，而我母亲却识字不少，70多岁时还能自己看信。我的姨姨在故乡的农村小学教过书，听说她还当过县人民代表。

姥爷姥姥去世后，我的大舅在本县当了教师，后来把家也搬离了老家。二舅在本县当过教师、公务员，20世纪50年代就读于北京师大工农速成班，毕业后留京，成了北京第69中学的一名教师。这样一来，姥姥家在我心中就成了一个传说。

传说中的姥姥家位于五台山北麓繁峙县中部偏东一点,距离举世闻名的平型关15千米,村子的名字叫上浪涧。据《纵横繁峙》记载,村子因地处滹沱河北岸,曾因河水滔滔、白浪滚滚而得名。不过这是我近两年才知道的。小时候我从母亲口中听到的一直是"上狼界",而且我知道还有个"下狼界"村。有意思的是两村中间还有个叫"羊圈"的村子。有几句顺口溜挺好玩:"上狼界","下狼界",中间夹着个烂"羊圈"。据说"羊

我(左)与表弟、姨弟在上浪涧村中央的德教碑前

圈"村的人们觉得太不吉利了,后来改成了"中虎峪"村,这些都是我儿时的记忆。

2022年国庆期间,我在自驾寻访姥姥家的途中,确实经过了那个叫中虎峪的村子,儿时记的那几句顺口溜,在这里得到了印证。

金秋十月,公路两边一派丰收景象。按照手机导航的指引,我的车径直开进了上浪涧村。村中央路边有一座碑楼,在一片平房中鹤立鸡群。它宽不足两米,却有五六米高,走近一看,原来是一座德教碑,仔细辨认,石碑上刻的字是:"清庠生段毓俊老夫子德教碑。"立碑人是他很多学生的名字,立碑时间为民国二十五年。老夫子叫段毓俊,我姥爷叫段毓美,他们是什么关系?我立刻打电话问我二哥:"姥爷的名字是哪两个字?""钟灵毓秀的毓,美好的美。"原来如此,同一个村子里,一个段毓俊,一个段毓美,那他俩肯定是同辈人,且年龄也应该差不多。

就在我和妻子一边推测一边拍照时，一个人坐着一辆轮椅式电动车来到了碑楼前。轮椅上的人告诉我们，段毓俊是他的爷爷，碑楼是1936年爷爷的学生们立的，2021年被确认为"繁峙县一般不可移动文物"。他说他爷爷和我姥爷是同族弟兄，碑楼重建落成时，我的大舅曾应邀出席。这样一来，他就是我的远房表弟了，他是因为脉管炎在两年前截肢的。

随后，表弟领着我们找到了一位叫段天祥的表哥，84岁的表哥知道很多。他说，我姥爷段毓美的母亲22岁时守寡，终生未改嫁，家族曾为其立过贞洁牌坊。表哥的爷爷叫段毓华，他爷爷和我姥爷有4个叔伯弟兄，4家共有21个子女（10男11女），现在都已离世。我的母亲他叫七姑姑，他还知道我母亲的小名叫"贵弟"，这些是我从来都没听说过的。表哥还告诉我，我姥姥家的老宅院还在。

告别了表哥，我有点兴奋。因为老宅院还在，那就是我要寻找的姥姥家。领我们去姥姥家旧院的是我的姨弟，他的母亲在家族中排行最小，我应该叫十一姨。

老宅院的大门看上去不小，在百年前的农村一定很有气势。不过眼下门楼已岌岌可危，两扇大门被一块大石头死死顶着，看样子大门已废弃很久了。

姨弟领我们去姥姥家的老宅

我们只好手脚并用，从大门一侧的土坯瓦砾中攀进了院子。院子很大，北面是五间正房，东房一排三间，都是老式的砖瓦房，门窗看上去也还讲究。只是不少门窗已歪七扭八，看样子已经多年不住人了。姨弟介绍说，原来是个四合院子，现在西房和南房拆了。我看到大院中刚刚收完土豆，土豆蔓还堆在一边。拆去房子的地基上的玉米已经成熟，主人还没来得及收割。

环顾四周，我在心中默默地感谢大院现在的主人，是他们留下了老宅的主体部分，让我在多少年后还能走进大院，看到姥姥家的样子，并能以老宅为依托，遥想当年这里的一切……

2021年农历六月十六，是母亲诞辰100周年的纪念日。此刻，站在姥姥家的大院，我又想到了母亲。我仿佛听到了母亲儿时的声音，又仿佛看到了母亲出嫁时的身影。我知道那天母亲穿的是一件粉色的绣花缎棉袄，那是姥姥为她精心准备的嫁妆。多少年后的一天，母亲小心翼翼地解开了一个包袱，那是她为自己准备好的寿衣，那件被她珍藏了60多年的粉色绣花缎棉袄放在最上面。2006年的那个秋天，86岁的母亲穿上姥姥为她缝制的那件粉色绣花缎棉袄，永远离开了我们……

姥姥家的老院子

离开上浪涧村已近两个月了。我已不再为没有住过姥姥家而纠结了。因为在我看来，姥姥的爱已通过母亲，加倍地传递给了我们……

（2022年11月）

## 寻找儿时的记忆

昨天的事情记不全,儿时的经历忘不了。人到了这个年龄段,是不是都是这样呢?

2024年端午假期,我用两天时间去了一趟河南。这个河南,不是河南省,而是位于北京市房山区河北镇的河南村。

20世纪50年代,我的二舅从山西老家考进了北京师范大学的工农速成班,毕业后被分配到北京第69中学当教师。69中是一所山区学校,校址就在河南村。

二舅幼年失去父母,是在几个姐姐和哥哥的帮助下长大成人的。我母亲比他大十几岁,自然少不了对他的照顾,因此他与我母亲的关系非常好。

二舅在北京69中学当教师时期的照片

三年困难时期，二舅得知我们家粮食短缺，要靠吃糠咽菜维持生活的时候，便想方设法把母亲和我的户口迁到了房山。那几年，我们一家五口人一分为三，大哥在忻州上中专，当教师的父亲领着二哥上小学，母亲带着五六岁的我来到了69中所在地的房山县河南村。

后来大哥就读的中专撤消了，全体学生一律回乡劳动，不得已母亲和我又回到了故乡。

虽然我只在这里住了一年多时间，但正值刚刚记事的阶段，现在回想起来，我儿时最早的记忆几乎都是从河南村开始的，这里有我人生中很多个第一，留下了不少难忘的记忆。

第一次在69中看电视，也许是闭路电视，反正是在一个教室里，打开连着黑色电缆线的两扇柜门，一个长方形的玻璃体上人影晃动。

第一次看电影，虽然没记住电影的内容，但大白布上人影跑来跑去的画面给我的印象很深。

第一次有了自己的书——《看图说话》，人、口、手、上、中、下……就是那时候学会的。我还有一个心爱的海军帽，是一顶蓝色的无沿帽，帽子黑圈的正面印着"新中国儿童海军"几个白字。海军帽和《看图说话》是姨父从旅顺去看望我们时，为我们几个小孩买的礼物。回到故乡后，据说我曾一口的"京腔"，那个年代没有录音，我也并不记得自己的口音，大概是同为教师的父亲与我小学的班主任交谈时说过。后来当我已是满口土话时，班主任曾以此调侃过我。海军帽后那两条黑色的飘带经常会被顽皮的同学拉拽，母亲听说后，索性把飘带给剪掉了。

69中在河南村的最东边，村民们大都住在西边。村前有一条东西走向的砂石公路，有汽车经过时，我们几个小孩经常会追着汽车跑上一段路，当时感觉尘土中的汽油味挺好闻的。村子里有一个打谷场，我曾在幼儿园老师的带领下来过这里，第一次看到还没有褪去绿皮的核桃，记得刚收回来的核桃有点像绿皮的橘子。

村子的中央有一个卖日常用品的门市部，这里的人叫合作社，人们打醋买酱油都在这里。记得要是买牙膏的话,必须把用过的废牙膏袋交回来才行,这是当年回收废金属的一个方法。

河南村到河北公社之间,有一条不大不小的河,河上有一座石头堆砌成的简易过水桥,人们踏着石头过河,河水从石头的缝隙中流过,水中有时会有小鱼游过。记得我们几个孩子跟着大人看他们捞鱼,有一次捞到了半茶缸小鱼,那天的晚饭便多了一盘炸小鱼。

二舅住的是当地农民的房子,院里有一棵很大的香椿树。这里房顶上盖的不是瓦,而是指头薄厚的石板。当地柿子树很多,秋天,二舅家会买下好几篓柿子,放在屋顶上。冬天想吃的时候提前上房取下来,泡在冷水盆中解冻之后就可以吃了。

我们在这里过了一个春节,记得当地人把那种连响两声的爆竹(达拉特旗人叫麻雷)叫"二踢脚"。

二舅高高的个子,应该有1.8米吧,戴一副眼镜,看上去文质彬彬的。他在69中学当物理老师,自己会组装矿石收音机,也经常帮人们修理各种收音机。有一次,他正在修收音机,突然电光一闪,"啪"的响了一声,把我们几个小孩吓了一大跳,现在想来,大概是交流电收音机中的电线短路所致。

还记得,有一天晚饭后突然停电,周边一片漆黑,有村民来喊二舅,我们也跟着来到了打谷场边。只见二舅打开一个电杆上的白瓷盒,鼓捣了一会儿,再把瓷盒盖上,电灯就亮了。当时我感觉二舅挺神奇的,长大后知道了,其实是换上了新的保险丝。

二舅的人生充满了不幸,幼年失去了父母,通过自己的努力学有所成,在进入北师大工农速成班之前,就在故乡当过校长,还当过公务员。不幸的是,他在新的岗位上只工作了十几年,就患上了慢性肾炎。那个年代还无法做肾移植手术,二舅喝了两年半的汤药后,38岁就早早离开了人世。后来,二妗带着孩子们离开了这个让他们伤感的地方。

命运和缘分有时候真的无法说清。没有想到,我16岁时离开故乡,来到了千里之外的内蒙古。更没有想到,2006年,儿子大学毕业后幸运地考进了北京广播电视台。从此，我便有了什么时候再去一趟房山、再去一趟河南村的想法。

为了切身感受母亲和我当年走过的路线，也为了仔仔细细地寻觅故地，我没有同意儿子与我们开车同去的安排。端午节前一天，我和妻子起了个大早，从我们居住的通州区出发，导航显示全程共有75站，需要4个多小时。按照手机导航的指引，我们先坐公交，后乘地铁，再转地铁房山线，最后终于登上了开往河南村的山区公交车。

看着公交车外时远时近的大山，我的思绪又回到了60多年前。1960年夏季的一天，母亲背着一大包鼓鼓囊囊的行李，领着五六岁的我，就行走在这条路上。那一年母亲应该40岁左右，她晕车，而我却什么也不懂，什么忙也帮不上。记得母亲手中拿着一个二舅来信的信封，那就是母亲当年的"导航"，靠着这个"导航"，我们从山西来到北京，又从北京市区来到了房山。隐约记得，那一年二舅和二妗是在房山一个叫良乡的地方接的我们。

以后，母亲在这条路上多次往返，去探望病休中的二舅。从母亲口中，我也慢慢记住了沿途的一些地名——良乡、磁家务、坨里、李庄……今天，当这些记忆中的地名与眼前的公交站名重叠时，我不由得注目凝神，想象着母亲当年经过这里时的画面……

同车的旅客大都是北京人，他们有的是在市区工作，利用端午节放假去探望亲人；也有的是外出打工者，回家与亲人过端午节。他们都很热情，为我介绍了沿途的情况，并指明了离原69中校园最近的公交站。

从公交站步行几十米，就到了原69中的校园门口，大门上什么牌子也没有，不过透过围墙可以看到远处的教学楼。两扇标有"北京城建集团"的大门紧闭着，右侧门扇中间开着一个小门，我侧身进去，看到两个保安在值班。他们刚到这里不久，连这里是什么单位也不知道，他们的任务是守好大门，除施工人员，任何人都不能进去。我说明来意后，他们才破例允许我在附近拍几张照片。

笔者在原69中校园内

这就是当年的69中吗？回酒店后，我上网查了半天，终于弄清了69中的前世今生。这所学校始建于1954年，1955年被命名为北京市第69中学，20世纪60年代中期改为房山县河南中学，2011年撤并至房山5中，其校舍成为房山职业学校培训基地。而现在大门口公示的工程名称是房山区河北镇河北中心校并校改造项目。

我儿时追着汽车跑的砂石路没有了，新修的水泥路两边店铺林立。我们就住在路边一个三层楼的酒店里，是当地一个60多岁的农民开的。可惜他没怎么念过书，对69中学的情况完全不知道。

当年的打谷场没有了。二舅他们住过的那个有香椿树的院子当然也找不到了，代之而起的是规划整齐的农民新住宅区。我们走街串巷，终于找到了一些石板盖顶的老房子，儿时的记忆在街巷的深处得到了印证。

一位妇女告诉我们，当年的合作社就在她家不远处，跟前的那家人买下后重新改建了，现在已经看不出原来的痕迹了。

大石河流过河南村

当年看大人们捞小鱼的那座石头桥不见了,小鱼当然也不见了,两座水泥大桥连接起了河的两岸。这条河叫大石河,平时水流量并不大,但一到雨季山洪爆发,就会形成大灾。2023年夏季洪水出岸,这里遭遇了历史上罕见的洪灾,眼下沿河两岸仍在施工,正在加固两岸的护堤工程。

离开河南村的公交车启动了,我默默地回望——60多年过去了,二舅不在了,69中没有了,一切都变了,唯一不变的是留在我心底的那些儿时的记忆……

(2024年6月)

## 有关父亲的记忆

从我记事算起,和父亲在一起的时间大概不超过3年。时间虽短,但在我心中还是留下了一些难忘的记忆。

三年困难时期,我们全家五口人是一分为三的,为度饥荒我跟着母亲落户在北京房山县教书的二舅家,父亲领着二哥在他当校长的学校上高小,大哥在忻州上中专。

大约是1961年,大哥就读的晋北工业学校被撤销了,学生一律回乡参加农业生产。故乡的家早已人去房空,大哥能去哪里呢?无奈,母亲和我又回到了故乡。记得那天父亲和二哥去汽车站接我们,两个人骑着一辆自行车。这是父亲留在我的记忆中最早的印象,那一年我已经六七岁了。

当然,这并不是我第一次与父亲相见。1955年秋天,我在故乡出生后,母亲托人给在镇上念高小的大哥捎话,让他给在35千米外县城教书的父亲打个电话。父亲是什么时候回家见到我的,我不知道。知道的是,此后不久,我和母

年轻时的父亲

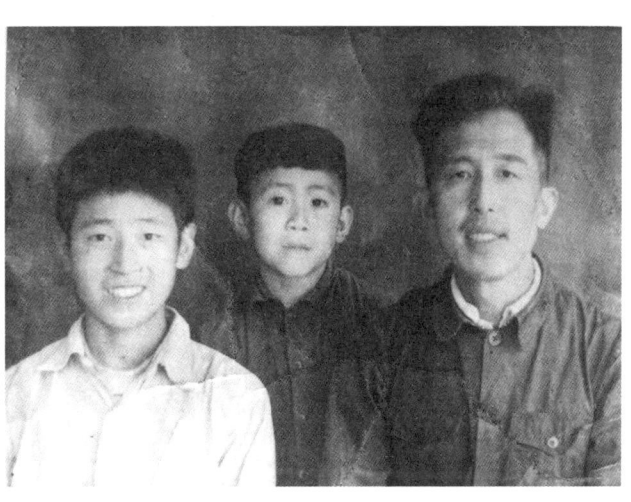

父亲、二哥和我的合影(1964年)

亲的户口农转非，并住进了县城。几年后，父亲被提拔成了校长，而学校离县城有30多千米。为了不耽误工作，父亲把我们又送回了老家农村。这些事情有的是听母亲说的，也有的是大哥写在文章中的，反正我是不记得的。

　　父亲工作的学校离老家有十几千米，那时候没有交通工具，父亲每次回家都是翻山跨梁步行，因为路途遥远，一般一个学期中间也就回上一两次家。反正在我的印象中，父亲很少回家，即使回来也像是一个客人，待上一两天就走了。因此每年与父亲在一起最长的时间只有寒暑假。我16岁那年离开了故乡，来到了千里之外的内蒙古，与父亲见面的机会就更少了。

　　父亲好像没怎么正式进过学校，近几年我与二哥的电话中，曾多次探讨过这个问题，我俩估计父亲应该上过村里的私塾。但父亲确实教了一辈子书，从普通教师到中心学校校长，这期间他也曾去省城太原进修过。

　　父亲是怎么当上教师的？母亲说，我的大舅被招为教师后还没上班，就专程赶到我家，把这个消息告诉了父亲，并把考他时考了点啥告诉了父亲。那时招教师大概也就是念一段文字，写点儿字，能念会写，过几天就站上了讲台。

　　"文化大革命"期间，父亲被发配到山沟里的一所小学校，一至四年级，有一二十或二三十个小学生，只有他一个老师，算术、语文、音乐、体育、美术……总之，这所学校的全部工作都是由他一个人来应对。到父亲退休（后改为离休），他待过两所这样的学校。

　　2022年国庆期间，我自驾回故乡时曾专程去过这两所小学。半个多世纪过去，这里早已物是人非。但我还是幸运地遇到了父亲当年教过的两名学生，他们分别向我讲述了父亲当年的一些工作和生活细节。

　　父亲教了一辈子书，大概教的还可以，不然的话也当不了校长。不过在我的记忆中，父亲只教过我两个字。当时我大概是二年级的学生，有一天不知道在什么书上碰到了从未见过的"羡慕"两个字，父亲正好在家，我就去问他，父亲说了这两个字的读音，什么意思呢？父亲接着说，你看见院里三哥那些笔记本时的心情，就是这两个字的意思。哦，原来如此。我们大院中有一个大我几岁的本家哥哥，他有个舅舅在轩岗煤矿工会当干部，有一年给他拿回好几本五颜六色的塑料皮笔记本，他今天拿个绿的，明天又换成个红的，好像是故意让我们眼馋。大概是我回家说过这个事，父亲记住了，此刻他就举了这个例子。当然在以后的岁月中，我也逐渐懂得了羡慕能生成嫉妒恨，也可以变为奋发向上的动力。

父亲在生活中很节俭，其中有一个习惯被我偷偷学了过来，至今还没有丢掉，当然他并没有教过我。父亲用香皂（包括肥皂）用到最后薄的不能再用时，他就把新皂和旧皂都搓出泡沫来，然后将其粘贴在一起，下次再用时就好用了，而且有时候不同颜色的香皂粘在一起，看上去还挺好看。

父亲虽然是个离休干部，但很少添置新衣服，他认为穿衣服方面干净整洁就行。有一年，我和妻子带着儿子回故乡过春节，好像给父母每人买了一件羊毛衫，还把我不再穿的几件衣服也带给了父亲，他很高兴，一边试穿一边笑着说："今年我也成了小老财了哇。"

1994年学校放秋假时，我们一家三口又回了一次故乡。临别之际我们和父母一起在故居前自拍了一幅合影，随后父亲推着自行车把我们送到了5千米外的火车站。当时71岁的父亲身体很好，每天自己担水，还经常骑着自行车去镇上采买东西。

离休后的父亲

第二年春天再次见到父亲是在繁峙县第二人民医院，他因突发脑溢血被送往医院紧急抢救，我回去时父亲已脱离了危险期，但语言和行动功能严重受限。我天天掰着手指教他数数，感觉每天都有点小进步，最后好像能从1数到50，他一边数一边露出无可奈何的笑，我猜测他当时可能在想："我教了一辈子书，现在却得你来教我数数了？"

我离开医院那天，父亲的身体已日渐好转，只是语言功能还有待逐步恢复。那一刻，父亲手拄拐杖站在医院门口，默默地目送我离去。父亲出院后，又住到了他年轻时工作生活过的县城。令人没想到的是，当年腊月病情复发，72岁的父亲永远离开了我们。

　　29年过去了，父亲在医院门口的那幅画面仍然清晰地留在我的记忆中……

（2024年3月）

# 我的母亲

春节前夕，我和妻子带着7岁的儿子回到了久别的故乡——晋北高原上的一个山村。

离开老家又有五六个年头了，最使我想念的自然是年迈的母亲，为了给母亲一个惊喜，我事先没有把到家的准确时间告诉母亲。当我们悄悄走到门口时，第一次回老家的儿子出其不意地叫了一声："奶奶！"母亲又惊又喜，语无伦次地说："哎呀，是俺三三回来啦！"母亲从头到脚端详着我们，好像在观察一件失而复得的珍品一样，两行泪水顺着她那又添了许多皱纹的脸颊流了下来。儿子奇怪地问："奶奶，你为什么哭，我们回来看你不好吗？""好，好！奶奶这是高兴的。"母亲一边说，一边撩起衣襟擦泪。

不知不觉已经过了元宵节，我们和母亲在一起分享了重逢后的快乐，却又

1983年，母亲63岁时与她最小的孙子在内蒙古达拉特旗

面临着离别时的苦楚。

临别的前一天晚上,我毫无睡意,过去的记忆像电影镜头似的一幕一幕地出现在我的脑海中。在我的记忆中,母亲是一个坚强而有远见的女性。过去父亲教书在外,挣钱不多,管家也不多,我们兄弟几个都还小,沉重的生活担子几乎全都压在了母亲的肩上。

记得有一年,辍学在家的大哥想报考大学,临近考期了路费还没凑够,大哥理解母亲的苦衷,推说他不想考了。母亲却不声不响地走出了家门,手里拿着姨母送给她的一件心爱的上衣。回来时,被母亲攥热了的十几元钱放在了大哥手中。

为了我们兄弟仨的成长,母亲似乎从来不知道什么是苦和累。我离家上中学的第一个冬天,一个星期六的下午,我从学校回到了家,母亲用她那双粗糙的手攥着我冰冷的双手,心痛地流下了眼泪。晚上,我一觉醒来的时候,只见母亲正在昏黄的油灯下穿针引线缝着什么,我迷迷糊糊地催母亲赶快睡吧,母亲探过身子为我掩了掩被子,轻轻地说:"你睡哇,明天还要到学校去,我一会儿就睡。"当我再一次醒来时,母亲仍然坐在那里一针一线地缝着,这时窗

1990年,母亲70岁时在故乡家中看姨母的来信

子已经大白，我明白了，母亲又是一夜未睡。周日下午，我就要返校了，一件仿制服皮衣穿在了我的身上，这是母亲用她的带大襟皮袄连夜改成的，母亲这里揪一揪，那里拍一拍，困倦的脸上露出了笑容。

人们都说世界上母亲最伟大，母爱最纯真，此时此刻，我才真正理解了这句话的含义。无私付出，不图回报，这正是母亲的伟大所在。为了我们，母亲操劳了大半辈子，生活的重担使她过早地弯下了腰。过去母亲盼望我们长大成人，而随着我们的长大，又一个一个先后离开了故乡，离开了母亲。"儿行千里母担忧"，胡子拉碴的人在母亲眼里还是个孩子，这也不放心，那也不放心，提起来还是一口一声俺娃。而为了让远在他乡的儿子放心，母亲常常步行往返十几千米山路去寄一封平信。

这一天，我们又要离她而去了，一大早，母亲把我们的旅行包塞得满满的。在弯弯曲曲的山路上，母亲送了一程又一程。在一个高高的山坡上，我又一次停下了脚步，劝母亲不要再送了。这一次母亲挺痛快，站住不走了。我们走几步一回头，看到母亲仍然站在那个高高的黄土坡上，初春的风吹起了她的衣襟，吹拂着她头上的古铜色头巾……

到了火车站，我们买好车票，在站台上等车。突然，儿子喊了一声："奶奶！"我一愣，只见母亲弯着腰，右手攥着从头上解下来的那块古铜色头巾，急匆匆地向我们走来。妻子立刻跑过去搀着母亲跨过了铁道，来到我们的身边。此时此刻我不能自已，只好扭过头去。我还能说什么呢？为了送我们，年近70的母亲今天又要往返十几千米的山路。这，就是母亲的心。

火车的到来使我们来不及多想，便随着拥挤的人群上了车。放好提包，我和妻子便急急地从车窗口探出头去，站台上的母亲也看到了我们，她手中扬着那块古铜色的头巾，口中好像在说："到了就来信……"看到母亲擦泪，我的眼睛又一次模糊了。"呜……"火车启动了，我急切地擦了擦眼睛，母亲那熟悉的身影正在快速地由近而远，倾刻就从我的视野中消失了，我的眼泪不由得流了下来……

流逝的岁月洗去了我记忆磁带上数不清的图像，但是，母亲在车窗外的身影却像一幅清晰的定格一样,仍不时地出现在我的眼前——那扬着古铜色头巾的右手,那正在擦泪的左手,那难以挺直的腰……

(1989年7月)

## 再写母亲

18年前,我曾写过一篇题为《我的母亲》的散文,今天我想再写母亲。

今天——农历九月初八,是我52周岁的生日,也是母亲去世一周年的日子。

去年的今天,晚上7点左右,二哥从老家打来了电话,几句话传递了一个无法改变的事实——亲爱的母亲已经永远离开了我们。

记得很小的时候,常听大人们说过,儿子的生日,母亲的难日。其实真正懂得了这句话的含义是我初为人父的时候。那一天,妻子经历了在我看来难以

1990年,母亲70岁时在故居前

忍受的痛苦后，生下了儿子冬冬。很多年以后在单位聊天时，一位女同事问我妻子生下儿子时我的心情，我说："终于渡过了一场劫难。"这是我当时的真实感受。

我是无神论者，可是却无法解释我的生日和母亲的忌日为什么是同一天，是偶然的巧合吗？还是冥冥之中的安排，怕我这个儿子忘记了母亲？我不得而知，但我记得51年前的九月初八母亲生下了我，51年后的同一天，母亲又离我而去。一生一死永远地连在了一起，我会永远记着这一天，我将永远怀念母亲。

母亲生于1921年，享年86岁。80多年的生命过程中，母亲得到的享乐很少，而艰辛颇多。在娘家时父母早逝，照顾弟妹是她的责任。到婆家她含辛茹苦养育了我们弟兄三个，我是老三，在我之前还有一女未能存活下来，这也可能是母亲终生的遗憾，一生没有个闺女。母亲晚年的时候，我曾几次用摄像机记录下了她的声音和图像，其中一次我问母亲："这一辈子最高兴的事是什么？"她说："看到你们弟兄三家都过得好，娘就高兴！"这是母亲的心里话。

母亲把毕生的心血、情感和精力都给了我们。为了我们兄弟仨的成长，母亲似乎从来不知道什么叫苦和累。我们小的时候，母亲盼望我们长大成人，而随着我们的长大，又在母亲的"纵容"和帮助下，一个个先后离开了故乡，离开了母亲。

我是16岁离开母亲的，此后便是离多聚少，天各一方。开头几年忙于找工作、学技术、等转正，随后又是结婚、生子、考文凭、评职称等，似乎永远在忙。经常好多年才回一次老家，母亲理解我的苦衷，从不抱怨。

不知从哪一天开始，大约是过了40岁以后吧，我忽然有了新的感悟:随着母亲年龄的增大，身体也在逐渐衰老，看望母亲的机会只会越来越少，必须珍惜再珍惜。此后，我差不多每年都抽空与母亲团聚一次，为母亲做饭、洗衣、洗头、洗脚，试图以此来弥补我多年来远离母亲的愧疚。其间，每次与母亲离别时，我都会以一个摄影人特有的目光，认真地将母亲当时的形象定格在我记忆

1999年，母亲79岁时在繁峙县城二哥家中

的底片中，唯恐这是最后一次。

2006年的五一长假，我是和母亲一起度过的，此间母亲精神状态尚好。7月中旬，母亲左腿骨折后病情加重，我又赶回老家，服侍了半个多月。此时母亲的行动已经异常艰难，只能在炕上躺着或靠着被子坐一会儿，神志时而清楚，时而糊涂，从病重到去世，母亲又饱受了3个多月病痛的折磨。

春夏秋冬，寒来暑往，母亲离开我们已经整整一年了。这一年我们的生活又有了新的变化，儿子大学毕业后考进了北京广播电视台，我也跨进了有车族的行列。只是这一切已经无法告诉母亲，更无法与母亲分享了。

"谁言寸草心，报得三春晖。"母亲的爱，对母亲的思念将会伴随我到永远……

（二〇〇七年九月初八）

## 三写母亲

对于我来说，母亲是一个永远也写不完的话题。

此刻，我的案头摆着一张两寸黑白相片，这是我看到的母亲最年轻的影像。照片中的母亲正襟危坐，面容安详，头戴一顶黑色的有沿帽，（大概那个年代时兴戴男士帽）穿一件带大襟的黑上衣，一个白衬领翻在外面。令我没想到的是，照片背面还有一行红墨水写的字："55年，35岁照。"

这个时间令我激动，因为这张相片和我同岁，这一年的农历九月初八，母亲生下了我。因此，1955年注定成了我生命历程中一个不同寻常的年份。68年

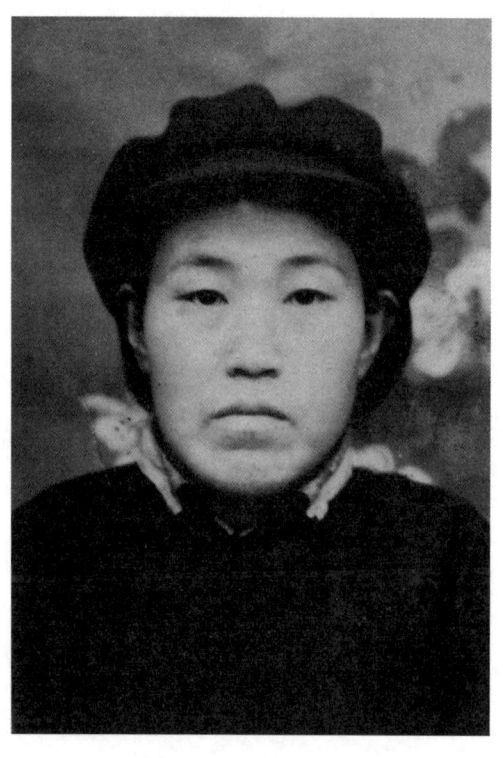

1955年，母亲35岁时在繁峙县城照相馆的留影

过去了，相片并未泛黄，连背景上点画的几处水彩都依然清晰可见。我在照相馆当学徒时的第一份工作，就是把从定影液中捞出的相片在清水中反复漂洗，然后上光烘干，如果漂洗不干净的话，当时谁也看不出来，但时间一长相片中的残留药液受潮后就会泛黄。我从心中感激当年为母亲照相的师傅们，他们的职业操守经得起岁月的检验。

我想知道母亲照这张相的确切时间，是在我出生前还是出生后，可惜照片背面没写拍照的月份，我只得从其他渠道去考证。此时此刻，我有些感慨，我曾解读过不少老照片，也写过一些有关老照片的图文故事。但是今天，我面对的老照片是生我养我的母亲，母亲已经离开我们17年了，她最小的儿子也已年近古稀。山东画报社出版的《老照片》丛书享誉海内外，创刊初期为便于操作，曾把老照片的标准内定为20年以上，而母亲的这张相片已经68年了。

记得我还上小学的时候，母亲这张相片挂在堂屋的玻璃相框中。那时候的冬天，我经常因贪玩忘记了寒冷，一回到家母亲把我冰冷的小手攥在她的大手中，一边是心痛，一边是责骂，哪知我的手刚温暖过来，就挣脱母亲又跑出去找小伙伴去了。16岁那年，我离开了母亲。此后很多年中，当学徒、盼转正、结婚、生子、工作调动、考文凭、评职称、儿子上大学……似乎永远在忙，母亲的那张相片几乎快忘记了。

20世纪90年代，父母亲搬到了县城，旧居也借给了村邻居住，再以后父母先后离开了我们。2006年，在母亲的葬礼后，大哥提出他想保管母亲留下的信件、照片等遗物，我和二哥当然同意。实话实说，那时候我对这些照片也并不怎么看重，而且其中不少照片都是我拍的。

2017年冬，74岁的大哥突发脑溢血，经抢救无效离开了人世。后来的某一天，我突然想起了母亲年轻时的那张相片，但是大嫂一直在广州带孙子，我几次回故乡都未能见到她，寻找母亲的相片也就无从谈起了。

2023年春节，我按惯例给大嫂电话拜年，得知她需滞留故乡一段时间，我就让她找一找，看看有没有母亲的那张相片。第二天一早，大嫂来电话说相片找见了，我喜出望外，立即让在县城工作的大侄子（二哥的儿子）为我快递过来。

在我的记忆中，母亲对自己的吃穿用从来不大讲究，更不愿为自己而花钱。为什么1955年的那一天，却刻意打扮一番，走进照相馆去留下自己35岁的影像呢？大哥比我大11岁，一生酷爱写作，大哥留下的文集为我了解母亲以及照相前后的家庭状况提供了依据。

母亲不但要强，而且面对大事的时候，多谋善断，能做到避危险于无形之中。我以为，这是母亲最优秀的品格！记得1955年我在砂河镇上高小五年级时，我家住的窑洞存在着潜在危险，日本人来时人们在窑顶上藏过粮食，后来洞虽填了，但并不瓷实，由于上年雨水多，窑顶上的农家种地也不注意排水，雨水多时就旋下了大洞，雨水透过两丈多高的黄土层渗湿了家中的窑顶。又到雨季，父亲在70华里外的县城教书，那时村里没有电话，写信又误事，母亲一看情势危急，当机立断，找本院的张家求情，借住了她家的两间小房。母亲独自一人，把那些盆盆罐罐搬了过来。不到一个星期，二弟回旧院取鸡蛋时，发现睡人的那间窑顶已塌下来了。好危险啊！母亲长出了一口气，庆幸自己走前了一步，果断搬出窑洞，避免了一场大难。我星期天回去时，看到那间窑洞炕上地下全是大土块，这表明不论窑塌在白天还是晚上，都无法幸免于难。母亲不仅救了自己，还救了刚上小学的二弟与腹中的三弟，在家庭里立了一次特等功。那年，母亲虚35岁。

"大难不死，必有后福。"这话在母亲身上果然应验了。搬离窑洞后，全家的生活发生了很大变化。那年秋天，母亲生下了三弟。不久父亲增加了工资，学校工资加上他给干部文化补习班的代课费，每月收入近60元。记得连同补发的工资，父亲一次领回了100多元钱，要知道20世纪50年代的100多元可不是个小数目。紧接着又办了农转非，全家搬进了繁峙县城，二道街的院子大，房子高，砖铺的院子整洁干净。家里日子好过了，母亲出门做客穿的是新买的白球鞋。更值得一提的是，夏天县城的蔬菜多又便宜，母亲高兴地说，一毛钱就能买到几个西葫芦、一条黄瓜和一把芫荽。那几年，我家的物质生活在县城是高水平，母亲心情自然也好，是她人生最幸福的时期。

感谢大哥！他的文章告诉我，母亲是在我出生后不久搬进县城的。按此推断，母亲照这个相的时间应该是在进城后到1955年年底之间。照相是谁的主意我们不得而知，可以知道的是，几天后母亲的相片被取回，父亲用蘸水笔在背面写下了一行红字："55年，35岁照。"那是父亲的笔迹，红墨水应该是他批改学生作业用的。

母亲的幸福生活过了几年之后情况急转直下，先是父亲被提拔当了校长，而学校是在离县城三四十千米的地方，无奈，父亲把我们又搬回了故乡的农村。三年困难时期，我们一家五口人是一分为三的，大哥在忻州上中专，二哥跟着父亲在齐城学校读书，母亲带着五六岁的我，为度饥荒落户在北京的二舅家。

从我记事起到我离开故乡，母亲似乎永远在为拮据的生活而忙碌着，再也没有了35岁那年照相时的心境。1966年冬天，母亲和我有过一次合影，那是专为二舅照的。二舅幼年失去父母，和母亲情同母子，那年冬天，二舅因病在家休养，母亲赴京探望回来后，说二舅想要她的相片。几天后，正好村里来了个照相的，母亲拉上我就去了。母亲戴着二舅给她新买的黑丝绒棉帽，傻乎乎的

1966年冬，母亲（46岁）与我（12岁）在故乡留影

我胸前和帽子上别着不少当年时髦的纪念章。那一年，母亲46岁，我12岁。现在我还珍藏着那张底片，那是我手上唯一的玻璃底片。

没有想到的是，当年颇感神秘的照相竟成了我的第一份工作，而最终我"沦落"成了一个几乎只会按快门的人。这也许就是命运的安排，在照相机还是奢侈品的年代，让我能亲自为母亲照相。那些年，从黑白到彩色，照片确实也拍了不少，为今天追忆母亲留下了影像的依托。遗憾的是当我有了再不用母亲担心浪费胶卷的数码相机时，却再也不能为母亲拍照了。

2022年国庆期间，我曾自驾回故乡寻找姥姥家，我没有见过姥姥，更没有住过姥姥家，要说对姥姥感情深那是假话，寻找姥姥家其实是在寻找母亲的过往。

最近，二哥终于想起了我出生时的一个细节，二哥比我大8岁，他在电话中说，当时，是母亲让他去把张家大娘叫过来帮忙的。大哥的文章对此也有记述："秋天，母亲生了三弟，家中无人照顾，院中的六叔到砂河高小给我捎话说：'你娘到月子了，叫你给你爹打个电话'。"

…………

命运的安排有时候也很无情。2006年农历九月初八，是我52岁的生日。那天傍晚，86岁的母亲永远离开了我们。为什么也是九月初八？我至今百思不得其解，难道是上天怕我忘记了自己的母亲吗？

（山东画报社《老照片》丛书第153辑　2024年2月）

# 影像是可以观看的历史（后记）

生活的本质是记忆，而记忆是可以成为历史的。《影像与故事》就是这种记忆的定格和延伸，是可以观看的历史。

一个人的记忆是有限的，但千千万万人的记忆汇集起来，那就是民族的记忆、国家的记忆。

20世纪70年代初，在摄影还有些神秘的时候，我有幸与其结缘，在达拉特旗当年唯一的国营照相馆当学徒。以后到电视台当过记者、编辑、副总编辑。退居二线后担任达拉特旗摄影家协会主席，2020年加入中国摄影家协会，时至今日仍然奔波在摄影的路上。我曾为此作打油诗一首：

> 十八岁时学照相，
> 知天命后习数码。
> 花甲"混"进中摄协，
> 漫天霞光再出发。

一个只上过初中的摄影人，却也喜欢涂抹点儿文字，无奈功底浅薄，常感力不从心。创办微信公众号"华哥图文"，讲述影像背后的故事，意在以文补图，抑或是图文互补。

　　影像应该包括视频和照片，本书所指的影像只涉及照片。照片特别是老照片，它是可以观看的历史。但是照片的拍摄时间、地点、背景等要素的缺失会使其价值大打折扣。因此探索老照片的来龙去脉，采访照片中的人（或后人）的生活轨迹，讲述照片背后的故事，便成了我给自己布置的作业。本书选编的40余篇图文故事便是我全部作业中的一部分。

　　人生路上，离不开机遇的垂青和他人的帮助，因此应该常怀感恩之心。我感谢命运，让我此生与摄影结缘；我感谢黄河几字弯里的达拉特，为我的摄影创作提供了福地；我感谢关注"华哥图文"的朋友们，为我讲述影像背后的故事增添了动力；我感谢我所供职单位的领导、同事，感谢因摄影而结缘的影友们，感谢所有的亲朋好友，你们的支持和帮助让我这个异乡人从未感到过孤单。

　　我还必须感谢为出版此书付出辛苦的刘建光先生，为了帮我确定图文书稿，他不辞劳苦，废寝忘食，反复推敲。图文定稿后，又挤时间以诗人的激情和文笔为本书精心作序。

　　同时必须感谢远方出版社的编辑，虽然我们素未谋面，但他们在编辑过程中严谨细致的工作作风，让我知道了什么叫认真。

　　最后我还想感谢我的妻子，她是我全部文稿的第一"挑刺儿者"，也是"华哥图文"创办以来的忠实校对。

　　50年前，我学照相是为了生活；50年后，我的生活已离不开摄影。今后的日子里，我将尽我所能，继续用镜头记录身边的生活，用文字讲述影像背后的故事……

杨廷华

2024年6月13日于北京通州京贸家园